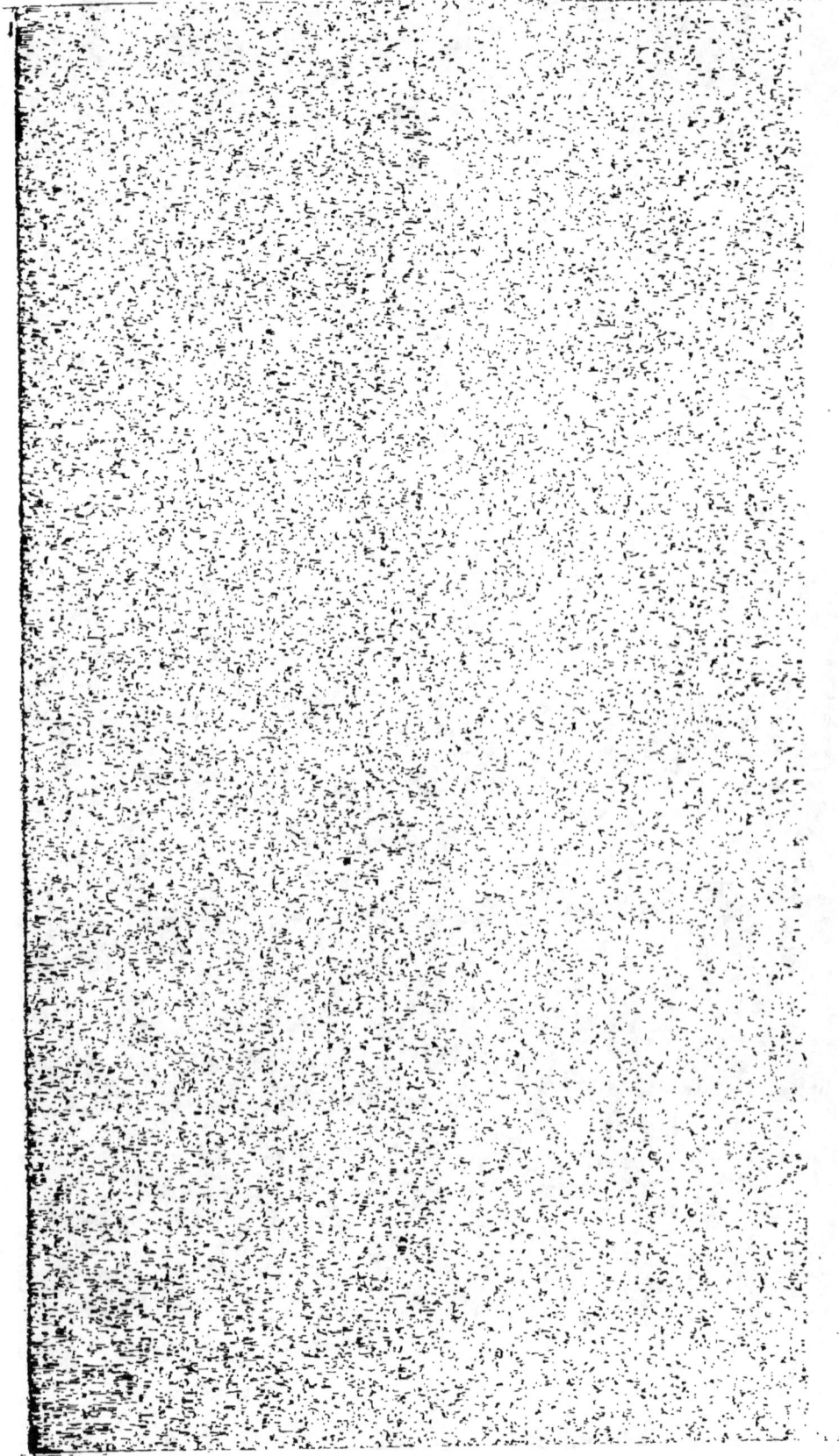

OEUVRES

DE

BEAUMARCHAIS.

245

PARIS,

GRIMPRELLE, libraire rue Poissonnière, n° 21.

NANTES,

SUIRRAU COUFFINHAL, libraire, Place Royale.

IMPRIMERIE DE MARCHAND DU BREU ,
rue de la Harpe, n° 80.

OEUVRES

DE

BEAUMARCHAIS.

TOME TROISIÈME.

Paris.

AU BUREAU DES ÉDITEURS,
RUE SAINT-JACQUES, N° 156.

—

1830.

LA MÈRE COUPABLE,

OU

L'AUTRE TARTUFE,

DRAME EN CINQ ACTES ET EN PROSE,

Remis au théâtre de la rue Feydeau, avec des changemens, et joué le 16 floréal an V (5 mai 1797) par les anciens acteurs du Théâtre Français.

On gagne assez dans les familles
quand on en expulse un méchant,
(*Dernière phrase de la pièce.*)

UN MOT

SUR LA MÈRE COUPABLE.

Pendant ma longue proscription, quelques amis zélés avaient imprimé cette pièce, uniquement pour prévenir l'abus d'une contrefaçon infidèle, furtive, et prise à la volée pendant les représentations [1]. Mais ces amis eux-mêmes, pour éviter d'être froissés par les agens de la terreur, s'ils eussent laissé leurs vrais titres aux personnages espagnols (car alors tout était péril), se crurent obligés de les défigurer, d'altérer même leur langage, et de mutiler plusieurs scènes.

Honorablement rappelé dans ma patrie, après quatre années d'infortunes, et la pièce étant désirée par les anciens acteurs du Théâtre Français, dont on connaît les grands talens, je la restitue en entier dans son premier état. Cette édition est celle que j'avoue.

Parmi les vues de ces artistes, j'entre dans celle de présenter, en trois séances consécutives, tout le roman de la famille Almaviva, dont les deux premières époques ne semblent pas, dans leur gaîté

---

[1] Elle fut représentée pour la première fois, au théâtre du Marais, le 26 juin 1792.

légère, offrir de rapports bien sensibles avec la profonde et touchante moralité de la dernière ; mais elles ont, dans le plan de l'auteur, une connexion intime, propre à verser le plus vif intérêt sur les représentations de *la Mère coupable*.

J'ai donc pensé avec les comédiens que nous pouvions dire au public : Après avoir bien ri, le premier jour, au *Barbier de Séville*, de la turbulente jeunesse du comte Almaviva, laquelle est à peu près celle de tous les hommes ;

Après avoir, le second jour, gaîment considéré, dans *la Folle Journée*, les fautes de son âge viril, et qui sont trop souvent les nôtres,

Par le tableau de sa vieillesse, et voyant *la Mère coupable*, venez vous convaincre avec nous que tout homme qui n'est pas né un épouvantable méchant finit toujours par être bon quand l'âge des passions s'éloigne, et surtout quand il a goûté le bonheur si doux d'être père ! c'est le but moral de la pièce. Elle en renferme plusieurs autres que ses détails feront ressortir.

Et moi, l'auteur, j'ajoute ici : Venez juger *la Mère coupable*, avec le bon esprit qui l'a fait composer pour vous. Si vous trouvez quelque plaisir à mêler vos larmes aux douleurs, au pieux repentir de cette femme infortunée : si ses pleurs commandent les vôtres, laissez-les couler doucement. Les larmes qu'on verse au théâtre, sur des maux simulés qui ne font pas le mal de la réalité cruelle, sont bien douces. On est meilleur quand on se sent pleurer. On se trouve si bon après la compassion !

Auprès de ce tableau touchant, si j'ai mis sous

vos yeux le machinateur, l'homme affreux qui tour-
mente aujourd'hui cette malheureuse famille, ah !
je vous jure que je l'ai vu agir ; je n'aurais pas pu
l'inventer. Le Tartufe de Molière était celui de *la religion :* aussi, de toute la famille d'Orgon, ne trompa-
t-il que le chef imbécile ! Celui-ci bien plus dangereux, Tartufe de *la probité*, a l'art profond de s'at-
tirer la respectueuse confiance de la famille entière
qu'il dépouille. C'est celui-là qu'il fallait démasquer.
C'est pour vous garantir des piéges de ces monstres
(et il en existe partout) que j'ai traduit sévèrement
celui-ci sur la scène française. Pardonnez-le-moi en
faveur de sa punition, qui fait la clôture de la pièce.
Ce cinquième acte m'a coûté ; mais je me serais cru
plus méchant que Bégearss, si je l'avais laissé jouir du
moindre fruit de ses atrocités, si je ne vous eusse
calmés après des alarmes si vives.

Peut-être ai-je attendu trop tard pour achever cet
ouvrage terrible qui me consumait la poitrine, et
devait être écrit dans la force de l'âge. Il m'a tourmenté bien long-temps! Mes deux comédies espa-
gnoles ne furent faites que pour le préparer. Depuis, en vieillissant, j'hésitais de m'en occuper : je
craignais de manquer de force; et peut-être n'en
avais-je plus à l'époque où je l'ai tenté! mais enfin ,
je l'ai composé dans une intention droite et pure,
avec la tête froide d'un homme, et le cœur brûlant
d'une femme, comme on l'a pensé de Rousseau.
J'ai remarqué que cet ensemble, cet *hermaphrodisme
moral*, est moins rare qu'on ne le croit.

Au reste, sans tenir à nul parti, à nulle secte,
la Mère coupable est un tableau des peines intérieu-

res qui divisent bien des familles, peines auxquelles malheureusement le divorce, très-bon d'ailleurs, ne remédie point. Quoi qu'on fasse, ces plaies secrètes, il les déchire au lieu de les cicatriser. Le sentiment de la paternité, la bonté du cœur, l'indulgence, en sont les uniques remèdes. Voilà ce que j'ai voulu peindre et graver dans tous les esprits.

Les hommes de lettres qui se sont voués au théâtre, en examinant cette pièce, pourront y démêler une intrigue de comédie, fondue dans le pathétique d'un drame. Ce dernier genre, trop dédaigné de quelques juges prévenus, ne leur paraissait pas de force à comporter ces deux élémens réunis. L'*intrigue*, disaient-ils, est le propre des sujets gais, c'est le nerf de la comédie : on adapte le *pathétique* à la marche simple du drame, pour en soutenir la faiblesse. Mais ces principes hasardés s'évanouissent à l'application, comme on peut s'en convaincre en s'exerçant dans les deux genres. L'exécution plus ou moins bonne assigne à chacun son mérite ; et le mélange heureux de ces deux moyens dramatiques employés avec art peut produire un très-grand effet ; voici comment je l'ai tenté.

Sur des événemens antécédens connus (et c'est un fort grand avantage), j'ai fait en sorte qu'un drame intéressant existât aujourd'hui entre le comte Almaviva, la comtesse et les deux enfans. Si j'avais reporté la pièce à l'âge inconsistant où les fautes se sont commises, voici ce qui fût arrivé.

D'abord le drame eût dû s'appeler, non *la Mère coupable*, mais *l'Épouse infidèle*, ou *les Époux coupables :* ce n'était déjà plus le même genre d'intérêt ;

il eût fallu y faire entrer des intrigues d'amour, des jalousies, du désordre, que sais-je ? de tous autres événemens : et la moralité que je voulais faire sortir d'un manquement si grave aux devoirs de l'épouse honnête ; cette moralité, perdue, enveloppée dans les fougues de l'âge, n'aurait pas été aperçue. Mais c'est vingt ans après que les fautes sont consommées, quand les passions sont usées, que leurs objets n'existent plus, à l'instant où les conséquences d'un désordre presque oublié viennent peser sur l'établissement, sur le sort d'enfans malheureux qui les ont toutes ignorées, et qui n'en sont pas moins les victimes ; c'est de ces circonstances graves que la moralité tire toute sa force, et devient le préservatif des jeunes personnes bien nées, qui, lisant peu dans l'avenir, sont beaucoup plus près du danger de se voir égarées que de celui d'être vicieuses. Voici sur quoi porte mon drame.

Puis, opposant au scélérat notre pénétrant Figoro, vieux serviteur très-attaché, le seul être que le fripon n'a pu tromper dans la maison : l'intrigue qui se noue entre eux s'établit sous cet autre aspect.

Le scélérat, inquiet, se dit : En vain j'ai le secret de tout le monde ici ; en vain je me vois près de le tourner à mon profit ; si je ne parviens pas à faire chasser ce valet, il pourra m'arriver malheur !

D'autre côté, j'entends le Figaro se dire : Si je ne réussis à dépister ce monstre, à lui faire tomber le masque ; la fortune, l'honneur, le bonheur de cette maison, tout est perdu. La Suzanne, jetée entre ces deux lutteurs, n'est ici qu'un souple instrument dont chacun entend se servir pour hâter la chute de l'autre.

Ainsi, la *comédie d'intrigue*, soutenant la curiosité, marche tout au travers du *drame*, dont elle renforce l'action, sans en diviser l'intérêt, qui se porte entier sur la mère. Les deux enfans, aux yeux du spectateur, ne courent aucun danger réel. On voit bien qu'ils s'épouseront, si le scélérat est chassé; car, ce qu'il y a de mieux établi dans l'ouvrage, c'est qu'ils ne sont parens à nul degré; qu'ils sont étrangers l'un à l'autre : ce que savent fort bien, dans le secret du cœur, le comte, la comtesse, le scélérat, Suzanne et Figaro, tous instruits des événemens; sans compter le public qui assiste à la pièce, et à qui nous n'avons rien caché.

Tout l'art de l'hypocrite, en déchirant le cœur du père et de la mère, consiste à effrayer les jeunes gens, à les arracher l'un à l'autre, en leur faisant croire à chacun qu'ils sont enfans du même père! c'est là le fond de son intrigue. Ainsi marche le double plan que l'on peut appeler *complexe*.

Une telle action dramatique peut s'appliquer à tous les temps, à tous les lieux où les grands traits de la nature, et tous ceux qui caractérisent le cœur de l'homme et ses secrets, ne seront pas trop méconnus.

Diderot, comparant les ouvrages de Richardson avec tous ces romans que nous nommons l'*histoire*, s'écrie, dans son enthousiasme pour cet auteur juste et profond : « Peintre du cœur humain! c'est toi seul qui ne mens jamais! » Quel mot sublime! Et moi aussi, j'essaie encore d'être peintre du cœur humain ; mais ma palette est desséchée par l'âge et les contradictions. *La Mère coupable* a dû s'en ressentir !

Que si ma faible exécution nuit à l'intérêt de mon plan, le principe que j'ai posé n'en a pas moins toute sa justesse ! un tel essai peut inspirer le dessein d'en offrir de plus fortement concertés. Qu'un homme de feu l'entreprenne, y mêlant, d'un crayon hardi, l'*intrigue* avec le *pathétique !* Qu'il broie et fonde savamment les vives couleurs de chacun ! qu'il nous peigne à grands traits l'homme vivant en société, son état, ses passions, ses vices, ses vertus, ses fautes et ses malheurs, avec la vérité frappante que l'exagération même, qui fait briller les autres genres, ne permet pas toujours de rendre aussi fidèlement ! Touchés, intéressés, instruits, nous ne dirons plus que le drame est un genre décoloré, né de l'impuissance de produire une tragédie ou une comédie. L'art aura pris un noble essor ; il aura fait encore un pas.

O mes concitoyens ! vous à qui j'offre cet essai ! s'il vous paraît faible ou manqué, critiquez-le, mais sans m'injurier. Lorsque je fis mes autres pièces, on m'outragea long-temps pour avoir osé mettre au théâtre ce jeune Figaro, que vous avez aimé depuis. J'étais jeune aussi, j'en riais. En vieillissant, l'esprit s'attriste, le caractère se rembrunit. J'ai beau faire, je ne ris plus quand un méchant ou un fripon insulte à ma personne, à l'occasion de mes ouvrages : on n'est pas maître de cela.

Critiquez la pièce ; fort bien. Si l'auteur est trop vieux pour en tirer du fruit, votre leçon peut pro-

2.

fiter à d'autres. L'injure ne profite à personne, et même elle n'est pas de bon goût. On peut offrir cette remarque à une nation renommée par son ancienne politesse, qui la faisait servir de modèle en ce point, comme elle est encore aujourd'hui celui de la haute vaillance.

LA MÈRE COUPABLE.

PERSONNAGES.

LE COMTE ALMAVIVA, grand seigneur espagnol, d'une fierté noble, et sans orgueil.

LA COMTESSE ALMAVIVA, très-malheureuse, et d'une angélique piété.

LE CHEVALIER LÉON, leur fils; jeune homme épris de la liberté, comme toutes les âmes ardentes et neuves.

FLORESTINE, pupille et filleule du comte Almaviva; jeune personne d'une grande sensibilité.

M. BÉGEARSS, Irlandais, major d'infanterie espagnole, ancien secrétaire des ambassades du comte; homme très-profond, et grand machinateur d'intrigues, fomentant le trouble avec art.

FIGARO, valet de chambre, chirurgien et homme de confiance du comte; homme formé par l'expérience du monde et des événemens.

SUZANNE, première camariste de la comtésse, épouse de Figaro; excellente femme, attachée à sa maîtresse, et revenue des illusions du jeune âge.

M. FAL, notaire du comte; homme exact et très-honnête.

GUILLAUME, valet allemand de M. Bégearss; homme trop simple pour un tel maître.

La scène est à Paris, dans l'hôtel occupé par la famille du comte, et se passe à la fin de 1790.

LA
MÈRE COUPABLE,

DRAME.

ACTE PREMIER.

Le théâtre représente un salon fort orné.

SCÈNE PREMIÈRE.

SUZANNE, tenant des fleurs obscures, dont elle fait un bouquet.

Que Madame s'éveille et sonne, mon triste ouvrage est achevé. (Elle s'assied avec abandon.) A peine il est neuf heures, et je me sens déjà d'une fatigue... Son dernier ordre en la couchant m'a gâté ma nuit tout entière... « Demain, Suzanne, au point du jour, fais apporter beaucoup de fleurs, et garnis-en mes cabinets. — Au portier : — Que, de la journée, il n'entre personne pour moi. — Tu me formeras un bouquet de fleurs noires et rouge foncé, un seul œillet blanc au milieu... » Le voilà. — Pauvre maîtresse! elle pleurait!... Pour qui ce mélange d'apprêts?... Eeeh! si nous étions en Espagne, ce serait aujourd'hui la fête de son fils Léon... (Avec mystère.) et d'un autre homme qui n'est plus! (Elle regarde les fleurs.) Les couleurs du sang et du deuil! (Elle soupire.)

Ce cœur blessé ne guérira jamais ! — Attachons-le d'un crêpe noir, puisque c'est là sa triste fantaisie ! (*Elle attache le bouquet.*)

SCÈNE II.

SUZANNE, FIGARO, regardant avec mystère. (*Cette scène doit marcher chaudement.*)

SUZANNE.

Entre donc, Figaro ! Tu prends l'air d'un amant en bonne fortune chez ta femme !

FIGARO.

Peut-on vous parler librement ?

SUZANNE.

Oui, si la porte reste ouverte.

FIGARO.

Et pourquoi cette précaution ?

SUZANNE.

C'est que l'homme dont il s'agit peut entrer d'un moment à l'autre.

FIGARO, *appuyant.*

Honoré-Tartufe. — Bégearss.

SUZANNE.

Et c'est un rendez-vous donné.—Ne t'accoutume donc pas à charger son nom d'épithètes ; cela peut se redire, et nuire à tes projets.

FIGARO.

Il s'appelle *Honoré !*

SUZANNE.

Mais non pas *Tartufe.*

FIGARO.

Morbleu !

SUZANNE.

Tu as le ton bien soucieux !

FIGARO.

Furieux ! (Elle se lève.) Est-ce là notre convention ?
M'aidez-vous franchement, Suzanne, à prévenir un
grand désordre ? Serais-tu dupe encore de ce très-
méchant homme ?

SUZANNE.

Non, mais je crois qu'il se méfie de moi ; il ne me
dit plus rien. J'ai peur, en vérité, qu'il ne nous
croie raccommodés.

FIGARO.

Feignons toujours d'être brouillés.

SUZANNE.

Mais qu'as-tu donc appris qui te donne une telle
humeur ?

FIGARO.

Recordons-nous d'abord sur les principes. Depuis
que nous sommes à Paris, et que M. Almaviva...
(Il faut bien lui donner son nom, puisqu'il ne souffre plus qu'on l'appelle monseigneur...)

SUZANNE, avec humeur.

C'est beau ! et Madame sort sans livrée ! Nous
avons l'air de tout le monde !

FIGARO.

Depuis, dis-je, qu'il a perdu, par une querelle
du jeu, son libertin de fils aîné, tu sais comme tout
a changé pour nous ! comme l'humeur du comte est
devenue sombre et terrible !

SUZANNE.

Tu n'es pas mal bourru non plus !

FIGARO.

Comme son autre fils paraît lui devenir odieux !

SUZANNE.

Que trop !

FIGARO.

Comme madame est malheureuse !

SUZANNE.

C'est un grand crime qu'il commet !

FIGARO.

Comme il redouble de tendresse pour sa pupille Florestine ! Comme il fait, surtout, des efforts pour dénaturer sa fortune !

SUZANNE.

Sais-tu, mon pauvre Figaro, que tu commences à radoter? Si je sais tout cela : qu'est-il besoin de me le dire?

FIGARO.

Encore faut-il bien s'expliquer pour s'assurer que l'on s'entend! N'est-il pas avéré pour nous que cet astucieux irlandais, le fléau de cette famille, après avoir chiffré, comme secrétaire, quelques ambassades auprès du comte, s'est emparé de leurs secrets à tous? que ce profond machinateur a su les entraîner, de l'indolente Espagne, en ce pays, remué de fond en comble, espérant y mieux profiter de la désunion où ils vivent, pour séparer le mari de la femme, épouser la pupille, et envahir les biens d'une maison qui se délabre?

SUZANNE.

Enfin, moi ! que puis-je à cela?

FIGARO.

Ne jamais le perdre de vue; me mettre au cours de ses démarches.

SUZANNE.

Mais je te rends tout ce qu'il dit.

FIGARO.

Oh! ce qu'il dit... n'est que ce qu'il veut dire! Mais saisir, en parlant, les mots qui lui échappent, le moindre geste, un mouvement; c'est là qu'est le secret de l'âme! il se trame ici quelque horreur! il faut qu'il s'en croie assuré; car je lui trouve un air... plus faux, plus perfide, et plus fat; cet air des sots de ce pays, triomphant avant le succès! Ne peux-tu être aussi perfide que lui? l'amadouer, le bercer d'espoir? quoi qu'il demande, ne pas le refuser?...

SUZANNE.

C'est beaucoup!

FIGARO.

Tout est bien, et tout marche au but, si j'en suis promptement instruit.

SUZANNE.

...Et si j'en instruis ma maîtresse?

FIGARO.

Il n'est pas temps encore; ils sont tous subjugués par lui. On ne te croirait pas; tu nous perdrais, sans les sauver. Suis-le partout, comme son ombre... et moi, je l'épie au dehors.

SUZANNE.

Mon ami, je t'ai dit qu'il se défie de moi; et s'il nous surprenait ensemble... Le voilà qui descend... Ferme!... Ayons l'air de quereller bien fort. (Elle pose le bouquet sur la table.)

FIGARO, élevant la voix.

Moi, je ne le veux pas. Que je t'y prenne une autre fois!...

SUZANNE, élevant la voix.

Certes!... oui, je te crains beaucoup!

FIGARO, feignant de lui donner un soufflet.

Ah! tu me crains!... Tiens, insolente!

SUZANNE, frignant de l'avoir reçu.

Des coups à moi!... chez ma maîtresse!

SCÈNE III.

LE MAJOR BÉGEARSS, FIGARO, SUZANNE.

BÉGEARSS, en uniforme, un crêpe noir au bras.

Eh mais, quel bruit! Depuis une heure j'entends disputer de chez moi...

FIGARO à part.

Depuis une heure!

BÉGEARSS.

Je sors, je trouve une femme éplorée...

SUZANNE, feignant de pleurer.

Le malheureux lève la main sur moi!

BÉGEARSS.

Ah, l'horreur! monsieur Figaro! un galant homme a-t-il jamais frappé une personne de l'autre sexe?

FIGARO, brusquement.

Eh morbleu! monsieur, laissez-nous! je ne suis point *un galant homme*, et cette femme n'est point *une personne de l'autre sexe :* elle est ma femme; une insolente, qui se mêle dans des intrigues, et qui croit pouvoir me braver, parce qu'elle a ici des gens qui la soutiennent. Ah, j'entends la morigéner!...

BÉGEARSS.

Est-on brutal à cet excès?

FIGARO.

Monsieur, si je prends un arbitre de mes procédés envers elle, ce sera moins vous que tout autre; et vous savez trop bien pourquoi!

BÉGEARSS.

Vous me manquez, monsieur! je vais m'en plaindre à votre maître.

FIGARO, raillant.

Vous manquer! moi? c'est impossible. (Il sort.)

SCÈNE IV.

BÉGEARSS, SUZANNE.

BÉGEARSS.

Mon enfant, je n'en reviens point. Quel est donc le sujet de son emportement?

SUZANNE.

Il m'est venu chercher querelle; il m'a dit cent horreurs de vous. Il me défendait de vous voir, de jamais oser vous parler. J'ai pris votre parti; la dispute s'est échauffée; elle a fini par un soufflet... Voilà le premier de sa vie; mais moi, je veux me séparer; vous l'avez vu...

BÉGEARSS.

Laissons cela. — Quelque léger nuage altérait ma confiance en toi; mais ce débat l'a dissipé.

SUZANNE.

Sont-ce là vos consolations?

BÉGEARSS.

Va! c'est moi qui t'en vengerai! il est bien temps que je m'acquitte envers toi, ma pauvre Suzanne!

Pour commencer, apprends un grand secret... Mais sommes-nous bien surs que la porte est fermée? (Suzanne y va voir.) (Il dit à part :) Ah ! si je puis avoir seulement trois minutes l'écrin au double fond que j'ai fait faire à la comtesse , où sont ces importantes lettres...

SUZANNE revient.

Eh bien , ce grand secret?

BÉGEARSS.

Sers ton ami ; ton sort devient superbe.—J'épouse Florestine ; c'est un point arrêté ; son père le veut absolument.

SUZANNE.

Qui , son père?

BÉGEARSS , en riant.

Et d'où sors-tu donc ! Règle certaine , mon enfant ; lorsque telle orpheline arrive chez quelqu'un comme pupille, ou bien comme filleule, elle est toujours la fille du mari. (D'un ton sérieux.) Bref, je puis l'épouser... si tu me la rends favorable.

SUZANNE.

Oh ! mais Léon en est très-amoureux.

BÉGEARSS.

Leur fils ? (Froidement.) Je l'en détacherai.

SUZANNE , étonnée.

Ah !... Elle aussi, elle est fort éprise!

BÉGEARSS.

De lui ?...

SUZANNE.

Oui.

BÉGEARSS , froidement.

Je l'en guérirai.

SUZANNE, plus surprise.

Ah, ah!... Madame, qui le sait, donne les mains à leur union !

BÉGEARSS, froidement.

Nous la ferons changer d'avis.

SUZANNE, stupéfaite.

Aussi?... Mais Figaro, si je vois bien, est le confident du jeune homme !

BÉGEARSS.

C'est le moindre de mes soucis. Ne serais-tu pas aise d'en être délivrée?

SUZANNE.

S'il ne lui arrive aucun mal?...

BÉGEARSS.

Fi donc! la seule idée flétrit l'austère probité. Mieux instruits sur leurs intérêts, ce sont eux-mêmes qui changeront d'avis.

SUZANNE, incrédule.

Si vous faites cela, monsieur...

BÉGEARSS, appuyant.

Je le ferai.—Tu sens que l'amour n'est pour rien dans un pareil arrangement. (L'air caressant.) Je n'ai jamais vraiment aimé que toi.

SUZANNE, incrédule.

Ah! si madame avait voulu...

BÉGEARSS.

Je l'aurais consolée sans doute ; mais elle a dédaigné mes vœux!... Suivant le plan que le comte a formé, la comtesse va au couvent.

SUZANNE, vivement.

Je ne me prête à rien contre elle.

3.

BÉGEARSS.

Que diable ! il la sert dans ses goûts ! Je t'entends toujours dire : « Ah ! c'est un ange sur la terre ! »

SUZANNE, en colère.

Eh bien ! faut-il la tourmenter ?

BÉGEARSS, riant.

Non ; mais du moins la rapprocher de ce ciel, la patrie des anges, dont elle est un moment tombée!... Et puisque, dans ces nouvelles et merveilleuses lois, le divorce s'est établi...

SUZANNE, vivement.

Le comte veut s'en séparer ?

BÉGEARSS.

S'il peut.

SUZANNE, en colère.

Ah ! les scélérats d'hommes ! quand on les étranglerait tous !...

BÉGEARSS, riant.

J'aime à croire que tu m'en exceptes ?

SUZANNE.

Ma foi !... pas trop.

BÉGEARSS, riant.

J'adore ta franche colère ; elle met à jour ton bon cœur ! Quant à l'amoureux chevalier, il le destine à voyager... long-temps.—Le Figaro, homme expérimenté, sera son discret conducteur. (Il lui prend la main.) Et voici ce qui nous concerne : le comte, Florestine et moi, habiterons le même hôtel ; et la chère Suzanne à nous, chargée de toute la confiance, sera notre surintendant, commandera la domesticité, aura la grande main sur tout. Plus de mari, plus

de soufflets, plus de brutal contradicteur; des jours
filés d'or et de soie, et la vie la plus fortunée!...

SUZANNE.

A vos cajoleries, je vois bien que vous voulez que
je vous serve auprès de Florestine ?

BÉGEARSS, caressant.

A dire vrai, j'ai compté sur tes soins. Tu fus toujours une excellente femme ! J'ai tout le reste dans
ma main ; ce point seul est entre les tiennes. (Vivement.) Par exemple, aujourd'hui tu peux nous rendre
un signalé... (Suzanne l'examine.)

BÉGEARSS se reprend.

Je dis *un signalé*, par l'importance qu'il y met.
(Froidement.) Car, ma foi ! c'est bien peu de chose !
Le comte aurait la fantaisie... de donner à sa fille,
en signant le contrat, une parure absolument semblable aux diamans de la comtesse. Il ne voudrait
pas qu'on le sût.

SUZANNE, surprise.

Ah, ah...!

BÉGEARSS.

Ce n'est pas trop mal vu ! de beaux diamans ter-
minent bien des choses ! Peut-être il va te demander d'apporter l'écrin de sa femme, pour en confron-
ter les dessins avec ceux de son joaillier...

SUZANNE.

Pourquoi comme ceux de Madame ? C'est une idée
assez bizarre !

BÉGEARSS.

Il prétend qu'ils soient aussi beaux... Tu sens, pour
moi, combien c'était égal ! Tiens, vois-tu ? le voici
qui vient.

SCÈNE V.

LE COMTE, BÉGEARSS, SUZANNE.

LE COMTE.

Monsieur Bégearss, je vous cherchais.

BÉGEARSS.

Avant d'entrer chez vous, monsieur, je venais prévenir Suzanne que vous avez dessein de lui demander cet écrin...

SUZANNE.

Au moins, monseigneur, vous sentez...

LE COMTE.

Hé! laisse-là ton monseigneur! N'ai-je pas ordonné, en passant dans ce pays-ci...?

SUZANNE.

Je trouve, monseigneur, que cela nous amoindrit.

LE COMTE.

C'est que tu t'entends mieux en vanité qu'en vraie fierté. Quand on veut vivre dans un pays, il n'en faut point heurter les préjugés.

SUZANNE.

Eh bien! monsieur, du moins vous me donnez votre parole...

LE COMTE, fièrement.

Depuis quand suis-je méconnu?

SUZANNE.

Je vais donc vous l'aller chercher. (A part.) Dame! Figaro m'a dit de ne rien refuser...!

SCÈNE VI.

LE COMTE, BÉGEARSS.

LE COMTE.

J'ai tranché sur le point qui paraissait l'inquiéter.

BÉGEARSS.

Il en est un, monsieur, qui m'inquiète beaucoup plus; je vous trouve un air accablé...

LE COMTE.

Te le dirai-je, ami! la perte de mon fils me semblait le plus grand malheur. Un chagrin plus poignant fait saigner ma blessure, et rend ma vie insupportable.

RÉGEARSS.

Si vous ne m'aviez pas interdit de vous contrarier là-dessus, je vous dirais que votre second fils...

LE COMTE, vivement.

Mon second fils! je n'en ai point!

BÉGEARSS.

Calmez-vous, monsieur; raisonnons. La perte d'un enfant chéri peut vous rendre injuste envers l'autre, envers votre épouse, envers vous. Est-ce donc sur des conjectures qu'il faut juger de pareils faits?

LE COMTE.

Des conjectures? Ah! j'en suis trop certain! Mon grand chagrin est de manquer de preuves. — Tant que mon pauvre fils vécut, j'y mettais fort peu d'importance. Héritier de mon nom, de mes places, de ma fortune... que me faisait cet autre individu? Mon froid dédain, un nom de terre, une croix de Malte,

une pension, m'auraient vengé de sa mère et de lui !
Mais conçois-tu mon désespoir, en perdant un fils
adoré, de voir un étranger succéder à ce rang, à ces
titres ; et, pour irriter ma douleur, venir tous les
jours me donner le nom odieux de *son père !*

BÉGEARSS.

Monsieur, je crains de vous aigrir en cherchant à
vous apaiser ; mais la vertu de votre épouse...

LE COMTE, avec colère.

Ah ! ce n'est qu'un crime de plus. Couvrir d'une
vie exemplaire un affront tel que celui-là ! Comman-
der vingt ans par ses mœurs et la piété la plus sévère, l'estime et le respect du monde ; et verser sur
moi seul, par cette conduite affectée, tous les torts
qu'entraîne après soi ma prétendue bizarrerie... !
Ma haine pour eux s'en augmente.

BÉGEARSS.

Que vouliez-vous donc qu'elle fît ? Même en la
supposant coupable ; est-il au monde quelque faute
qu'un repentir de vingt années ne doive effacer à la
fin ? Fûtes-vous sans reproche vous-même ? Et cette
jeune Florestine, que vous nommez votre pupille,
et qui vous touche de plus près....

LE COMTE.

Qu'elle assure donc ma vengeance ! je dénaturerai
mes biens, et les lui ferai tous passer. Déjà trois millions d'or, arrivés de la Vera-Crux, vont lui servir
de dot ; et c'est à toi que je les donne. Aide-moi seulement à jeter sur ce don un voile impénétrable. En
acceptant mon portefeuille, et te présentant comme
époux, suppose un héritage, un legs de quelque parent éloigné...

BÉGEARSS, montrant le crêpe de son bras.

Voyez que pour vous obéir je me suis déjà mis en deuil.

LE COMTE.

Quand j'aurai l'agrément du roi pour l'échange entamé de toutes mes terres d'Espagne contre des biens dans ce pays, je trouverai moyen de vous en assurer la possession à tous deux.

BÉGEARSS, vivement.

Et moi, je n'en veux point. Croyez-vous que, sur des soupçons... peut-être encore très-peu fondés, j'irai me rendre le complice de la spoliation entière de l'héritier de votre nom? d'un jeune homme plein de mérite; car il faut avouer qu'il en a...

LE COMTE, impatienté.

Plus que mon fils, voulez-vous dire? Chacun le pense comme vous; cela m'irrite contre lui!...

BÉGEARSS.

Si votre pupille m'accepte, et si, sur vos grands biens, vous prélevez, pour la doter, ces trois millions d'or du Mexique, je ne supporte point l'idée d'en devenir propriétaire, et ne les recevrai qu'autant que le contrat en contiendra la donation que mon amour sera censé lui faire.

LE COMTE le serre dans ses bras.

Loyal et franc ami! quel époux je donne à ma fille!...

SCÈNE VII.

LE COMTE, BÉGEARSS, SUZANNE.

SUZANNE.

Monsieur, voilà le coffre aux diamans ; ne le gardez pas trop long-temps ; que je puisse le remettre en place avant qu'il soit jour chez Madame.

LE COMTE.

Suzanne, en t'en allant, défends qu'on entre, à moins que je ne sonne.

SUZANNE, à part.

Avertissons Figaro de ceci. (Elle sort.)

SCÈNE VIII.

LE COMTE, BÉGEARSS.

BÉGEARSS.

Quel est votre projet sur l'examen de cet écrin ?

LE COMTE tire de sa poche un bracelet entouré de brillans.

Je ne veux plus te déguiser tous les détails de mon affront ; écoute. Un certain Léon d'Astorga, qui fut alors mon page, et que l'on nommait Chérubin...

BÉGEARSS.

Je l'ai connu, nous servions dans le régiment dont je vous dois d'être major. Mais il y a vingt ans qu'il n'est plus.

LE COMTE.

C'est ce qui fonde mon soupçon. Il eut l'audace de l'aimer. Je la crus éprise de lui ; je l'éloignai

d'Andalousie, par un emploi dans ma légion. — Un
an après la naissance du fils... qu'un combat détesté
m'enlève (Il met la main à ses yeux); lorsque je m'em-
barquai vice-roi du Mexique, au lieu de rester à
Madrid, ou dans mon palais à Séville, ou d'habiter
Aguas-Frescas, qui est un superbe séjour; quelle
retraite, ami, crois-tu que ma femme choisit? Le
vilain château d'Astorga, chef-lieu d'une méchante
terre que j'avais achetée des parens de ce page. C'est
là qu'elle a voulu passer les trois années de mon absence; qu'elle y a mis au monde... (après neuf ou
dix mois, que sais-je?) ce misérable enfant, qui
porte les traits d'un perfide! Jadis, lorsqu'on m'a-
vait peint pour le bracelet de la comtesse, le peintre
ayant trouvé ce page fort joli, désira d'en faire une
étude; c'est un des beaux tableaux de mon cabinet...

BÉGEARSS.

Oui... (Il baisse les yeux) à telles enseignes que votre
épouse....

LE COMTE, vivement.

Ne veut jamais le regarder? Eh bien! sur ce portrait, j'ai fait faire celui-ci, dans ce bracelet, pareil
en tout au sien, fait par le même joaillier qui monta
tous ses diamans. Je vais le substituer à la place du
mien. Si elle en garde le silence, vous sentez que ma
preuve est faite. Sous quelque forme qu'elle en
parle, une explication sévère éclaircit ma honte à
l'instant.

BÉGEARSS.

Si vous demandez mon avis, monsieur, je blâme
un tel projet.

LE COMTE.

Pourquoi ?

BÉGEARSS.

L'honneur répugne à de pareils moyens. Si quelque hasard, heureux ou malheureux, vous eût présenté certains faits, je vous excuserais de les approfondir. Mais tendre un piége ! des surprises ! Eh ! quel homme un peu délicat voudrait prendre un tel avantage sur son plus mortel ennemi ?

LE COMTE.

Il est trop tard pour reculer ; le bracelet est fait, le portrait du page est dedans...

BÉGEARSS Prend l'écrin.

Monsieur, au nom du véritable honneur...

LE COMTE a enlevé le bracelet de l'écrin.

Ah ! mon cher portrait, je te tiens ! J'aurai du moins la joie d'en orner le bras de ma fille, cent fois plus digne de le porter... (Il y substitue l'autre.)

BÉGEARSS feint de s'y opposer. Ils tirent chacun l'écrin de leur côté ; Bégearss fait ouvrir adroitement le double fond, et dit avec colère :

Ah ! voilà la boîte brisée !

LE COMTE regarde.

Non ; ce n'est qu'un secret que le débat a fait ouvrir. Ce double fond renferme des papiers !

BÉGEARSS, s'y opposant.

Je me flatte, monsieur, que vous n'abuserez point...

LE COMTE, impatient.

« Si quelque heureux hasard vous eût présenté certains faits, me disais-tu dans le moment, je vous excuserais de les approfondir...» Le hasard me les offre, et je vais suivre ton conseil. (Il arrache les papiers.)

BÉGEARSS, avec chaleur.

Pour l'espoir de ma vie entière, je ne voudrais pas devenir complice d'un tel attentat! Remettez ces papiers, monsieur, ou souffrez que je me retire. (Il s'éloigne.)

LE COMTE tient des papiers et lit. Bégearss le regarde en dessous, et s'applaudit secrètement.

(Avec fureur.) Je n'en veux pas apprendre davantage; renferme tous les autres, et moi je garde celui-ci.

BÉGEARSS.

Non; quel qu'il soit, vous avez trop d'honneur pour commettre une...

LE COMTE, fièrement.

Une...? Achevez; tranchez le mot, je puis l'entendre.

BÉGEARSS, se courbant.

Pardon, monsieur, mon bienfaiteur, et n'imputez qu'à ma douleur l'indécence de mon reproche.

LE COMTE.

Loin de t'en savoir mauvais gré, je t'en estime davantage. (Il se jette sur un fauteuil.) Ah! perfide Rosine... Car, malgré mes légèretés, elle est la seule pour qui j'aie éprouvé... J'ai subjugué les autres femmes! Ah! je sens à ma rage combien cette indigne passion!... Je me déteste de l'aimer!

BÉGEARSS.

Au nom de Dieu, monsieur, remettez ce fatal papier.

SCÈNE IX.

LE COMTE, BÉGEARSS, FIGARO.

LE COMTE se lève.

Homme importun ! que voulez-vous ?

FIGARO.

J'entre, parce qu'on a sonné.

LE COMTE, en colère.

J'ai sonné ? valet curieux !...

FIGARO.

Interrogez le joaillier, qui l'a entendu comme
moi.

LE COMTE.

Mon joaillier ! que me veut-il ?

FIGARO.

Il dit qu'il a un rendez-vous pour un bracelet
qu'il a fait. (Bégearss, s'apercevant qu'il cherche à voir l'é-
crin qui est sur la table, fait ce qu'il peut pour le masquer.)

LE COMTE.

Ah !... qu'il revienne un autre jour.

FIGARO, avec malice.

Mais pendant que Monsieur a l'écrin de Madame
ouvert, il serait peut-être à propos...

LE COMTE, en colère.

Monsieur l'inquisiteur ! partez ; et s'il vous échappe
un seul mot...

FIGARO.

Un seul mot ? J'aurais trop à dire ; je ne veux rien
faire à demi. (Il examine l'écrin, le papier que tient le
comte, lance un fier coup d'œil à Bégearss, et sort.)

SCÈNE X.

LE COMTE, BÉGEARSS.

LE COMTE.

Refermons ce perfide écrin... J'ai la preuve que je cherchais. Je la tiens, j'en suis désolé ; pourquoi l'ai-je trouvée ? Ah, Dieu ! lisez, M. Bégearss.

BÉGEARSS, repoussant le papier.

Entrer dans de pareils secrets ! Dieu préserve qu'on m'en accuse !

LE COMTE.

Quelle est donc la sèche amitié qui repousse mes confidences ? Je vois qu'on n'est compatissant que pour les maux qu'on éprouve soi-même.

BÉGEARSS.

Quoi ! pour refuser ce papier ?... (Vivement.) Serrez-le donc ; voici Suzanne. (Il referme vite le secret de l'écrin. Le comte met la lettre dans sa veste, sur sa poitrine.)

SCÈNE XI.

LE COMTE, BÉGEARSS, SUZANNE.

(Le comte est accablé.)

SUZANNE accourt.

L'écrin, l'écrin ! Madame sonne.

BÉGEARSS le lui donne.

Suzanne, vous voyez que tout y est en bon état.

SUZANNE.

Qu'a donc monsieur ? il est troublé !

4.

BÉGEARSS.

Ce n'est rien qu'un peu de colère contre votre indiscret mari, qui est entré malgré ses ordres.

SUZANNE, finement.

Je l'avais dit pourtant de manière à être entendue. (Elle sort.)

SCÈNE XII.

LE COMTE, LÉON, BÉGEARSS.

LE COMTE veut sortir, il voit entrer Léon.

Voici l'autre !

LÉON, timidement, veut embrasser le comte.

Mon père, agréez mon respect ; avez-vous bien passé la nuit?

LE COMTE, sèchement, le repousse.

Où fûtes-vous, monsieur, hier au soir?

LÉON.

Mon père, on me mena dans une assemblée estimable...

LE COMTE.

Où vous fîtes une lecture?

LÉON.

On m'invita d'y lire un essai que j'ai fait sur l'abus des vœux monastiques, et le droit de s'en relever.

LE COMTE, amèrement.

Les vœux des chevaliers en sont ?

BÉGEARSS.

Qui fut, dit-on, très-applaudi ?

LÉON.

Monsieur, on a montré quelque indulgence pour mon âge.

LE COMTE.

Donc, au lieu de vous préparer à partir pour vos caravanes, à bien mériter de votre ordre, vous vous faites des ennemis. Vous allez composant, écrivant sur le ton du jour?... Bientôt on ne distinguera plus un gentilhomme d'un savant!

LÉON, timidement.

Mon père, on en distinguera mieux un ignorant d'un homme instruit, et l'homme libre de l'esclave.

LE COMTE.

Discours d'enthousiaste! on voit où vous en voulez venir. (Il veut sortir.)

LÉON.

Mon père!...

LE COMTE, dédaigneux.

Laissez à l'artisan des villes ces locutions triviales; les gens de notre état ont un langage plus élevé. Qui est-ce qui dit *mon père*, à la cour? Monsieur, appelez-moi *monsieur!* Vous sentez l'homme du commun! Son père!... (Il sort; Léon le suit en regardant Bégearss qui lui fait un geste de compassion.) Allons, monsieur Bégearss, allons!

FIN DU PREMIER ACTE.

ACTE SECOND.

Le théâtre représente la bibliothèque du comte.

SCÈNE PREMIÈRE.

LE COMTE.

Puisque enfin je suis seul, lisons cet étonnant écrit, qu'un hasard presque inconcevable a fait tomber dans mes mains. (Il tire de son sein la lettre de l'écrin, et la lit en pesant sur tous les mots.) « Malheureux insensé ! notre sort est rempli. La surprise nocturne que vous avez osé me faire, dans un château où vous fûtes élevé, dont vous connaissiez les détours ; la violence qui s'en est suivie ; enfin votre crime,... le mien,... (Il s'arrête.) le mien reçoit sa juste punition. Aujourd'hui, jour de saint Léon, patron de ce lieu et le vôtre, je viens de mettre au monde un fils, mon opprobre et mon désespoir. Grâce à de tristes précautions, l'honneur est sauf ; mais la vertu n'est plus... Condamnée désormais à des larmes intarissables, je sens qu'elles n'effaceront point un crime... dont l'effet reste subsistant. Ne me voyez jamais : c'est l'ordre irrévocable de la misérable Rosine... qui n'ose plus signer un autre nom. (Il porte ses mains avec la lettre à son front, et se promène.) Qui n'ose plus signer un autre nom... Ah ! Rosine, où est le temps...! Mais tu t'es avilie !... (Il s'agite.) Ce n'est point là l'écrit d'une méchante femme ! Un misérable corrup-

...eur... Mais voyons la réponse écrite sur la même lettre. (Il lit.) « Puisque je ne dois plus vous voir, la vie m'est odieuse, et je vais la perdre avec joie dans la vive attaque d'un fort, où je ne suis point commandé.

« Je vous renvoie tous vos reproches, le portrait que j'ai fait de vous, et la boucle de cheveux que je vous dérobai. L'ami qui vous rendra ceci quand je ne serai plus est sûr. Il a vu tout mon désespoir. Si la mort d'un infortuné vous inspirait un reste de pitié, parmi les noms qu'on va donner à l'héritier... d'un autre plus heureux...! puis-je espérer que le nom de Léon vous rappellera quelquefois le souvenir du malheureux... qui expire en vous adorant, et signe pour la dernière fois, CHÉRUBIN LÉON, d'Astorga. »

... Puis en caractères sanglans...! « Blessé à mort, je rouvre cette lettre, et vous écris avec mon sang ce douloureux, cet éternel adieu. Souvenez-vous... »

Le reste est effacé par des larmes... (Il s'agite.) Ce n'est point là non plus l'écrit d'un méchant homme! Un malheureux égarement.... (Il s'assied et reste absorbé.) Je me sens déchiré!

SCÈNE II.

LE COMTE, BÉGEARSS.

(Bégearss, en entrant s'arrête, le regarde, et se mord le doigt avec mystère.)

LE COMTE.

Ah! mon cher ami, venez donc!... vous me voyez dans un accablement...

BÉGEARSS.

Très-effrayant, monsieur; je n'osais avancer.

LE COMTE.

Je viens de lire cet écrit. Non, ce n'étaient point là des ingrats ni des monstres; mais de malheureux insensés, comme ils se le disent eux-mêmes...

BÉGEARSS.

Je l'ai présumé comme vous.

LE COMTE se lève et se promène.

Les misérables femmes, en se laissant séduire, ne savent guère les maux qu'elles apprêtent..... Elles vont, elles vont... les affronts s'accumulent... et le monde injuste et léger accuse un père qui se tait, qui dévore en secret ses peines! ... On le taxe de dureté pour les sentimens qu'il refuse au fruit d'un coupable adultère!... Nos désordres, à nous, ne leur enlèvent presque rien; ne peuvent du moins leur ravir la certitude d'être mères, ce bien inestimable de la maternité! tandis que leur moindre caprice, un goût, une étourderie légère, détruit dans l'homme le bonheur... le bonheur de toute sa vie, la sécurité d'être père.—Ah! ce n'est point légèrement qu'on a donné tant d'importance à la fidélité des femmes! Le bien, le mal de la société, sont attachés à leur conduite, le paradis ou l'enfer des familles dépend à tout jamais de l'opinion qu'elles ont donnée d'elles.

BÉGEARSS.

Calmez-vous; voici votre fille.

SCÈNE III.

LE COMTE, FLORESTINE, BÉGEARSS.

FLORESTINE, un bouquet au côté.

On vous disait, monsieur, si occupé, que je n'ai pas osé vous fatiguer de mon respect.

LE COMTE.

Occupé de toi, mon enfant! *ma fille!* Ah! je me plais à te donner ce nom; car j'ai pris soin de ton enfance. Le mari de ta mère était fort dérangé : en mourant il ne laissa rien. Elle-même, en quittant la vie, t'a recommandée à mes soins. Je lui engageai ma parole; je la tiendrai, ma fille, en te donnant un noble époux. Je te parle avec liberté devant cet ami qui nous aime. Regarde autour de toi; choisis! ne trouves-tu personne ici digne de posséder ton cœur?

FLORESTINE, lui baisant la main.

Vous l'avez tout entier, monsieur; et si je me vois consultée, je répondrai que mon bonheur est de ne point changer d'état. Monsieur votre fils en se mariant... (car, sans doute, il ne restera plus dans l'ordre de Malte aujourd'hui); monsieur votre fils, en se mariant, peut se séparer de son père. Ah! permettez que ce soit moi qui prenne soin de vos vieux jours! c'est un devoir, monsieur, que je remplirai avec joie.

LE COMTE.

Laisse, laisse *monsieur* réservé pour l'indifférence; on ne sera point étonné qu'une enfant si reconnaissante me donne un nom plus doux ! appelle-moi ton père.

BÉGEARSS.

Elle est digne, en honneur, de votre confidence entière... Mademoiselle, embrassez ce bon, ce tendre protecteur. Vous lui devez plus que vous ne pensez. Sa tutelle n'est qu'un devoir. Il fut l'ami... l'ami secret de votre mère... et, pour tout dire en un seul mot...

SCÈNE IV.

LE COMTE, LA COMTESSE, BÉGEARSS, FLORESTINE, FIGARO.

(La comtesse est en robe à peigner.)

FIGARO, annonçant.

Madame la comtesse.

BÉGEARSS jette un regard furieux sur Figaro. (A part.)

Au diable le faquin !

LA COMTESSE, au comte.

Figaro m'avait dit que vous vous trouviez mal effrayée, j'accours, et je vois...

LE COMTE.

... Que cet homme officieux vous a fait encore un mensonge.

FIGARO.

Monsieur, quand vous êtes passé, vous aviez un air si défait... heureusement il n'en est rien. (Bégearss l'examine.)

LA COMTESSE.

Bonjour, monsieur Bégearss... Te voilà, Flores

tine ; je te trouve radieuse... Mais voyez donc
comme elle est fraîche et belle ! Si le ciel m'eût
donné une fille, je l'aurais voulue comme toi, de
figure et de caractère. Il faudra bien que tu m'en
tiennes lieu. Le veux-tu, Florestine

FLORESTINE, lui baisant la main.

Ah ! madame...

LA COMTESSE.

Qui t'a donc fleurie si matin ?

FLORESTINE, avec joie.

Madame, on ne m'a point fleurie ; c'est moi qui
ai fait des bouquets. N'est-ce pas aujourd'hui Saint-
Léon ?

LA COMTESSE.

Charmante enfant, qui n'oublie rien ! (Elle la baise
au front. Le comte fait un geste terrible. Bégearss le retient.)
(A Figaro.) Puisque nous voilà rassemblés, avertissez
mon fils que nous prendrons ici le chocolat.

FLORESTINE.

Pendant qu'ils vont le préparer, mon parrain,
faites-nous donc voir ce beau buste de Washington,
que vous avez, dit-on, chez vous.

LE COMTE.

J'ignore qui me l'envoie ; je ne l'ai demandé à
personne ; et, sans doute, il est pour Léon ; il est
beau ; je l'ai là dans mon cabinet : venez tous.
(Bégearss, en sortant le dernier, se retourne deux fois pour
examiner Figaro, qui le regarde de même. Ils ont l'air de se me-
nacer sans parler.)

SCÈNE V.

FIGARO , rangeant la table et les tasses pour le déjeûner.

Serpent, ou basilic ! tu peux me mesurer, me lancer des regards affreux ! Ce sont les miens qui te tueront !... Mais où reçoit - il ses paquets ? il ne vient rien pour lui de la poste à l'hôtel ! Est-il monté seul de l'enfer ?... Quelque autre diable correspond ! et moi, je ne puis découvrir...

SCÈNE VI.

FIGARO, SUZANNE.

SUZANNE accourt, regarde, et dit très-vivement à l'oreille de Figaro.

C'est lui que la pupille épouse. — Il a la promesse du comte. — Il guérira Léon de son amour. — Il détachera Florestine. — Il fera consentir Madame. — Il te chasse de la maison. — Il cloître ma maîtresse en attendant que l'on divorce. — Fait déshériter le jeune homme, et me rend maîtresse de tout. Voilà les nouvelles du jour. (Elle s'enfuit.)

SCÈNE VII.

FIGARO.

Non, s'il vous plaît, monsieur le major! nous compterons ensemble auparavant. Vous apprendrez de moi qu'il n'y a que les sots qui triomphent. Grâce à l'Ariane-Suzon, je tiens le fil du labyrinthe, et le Minotaure est cerné... Je t'envelopperai dans tes piéges, et te démasquerai si bien...! Mais quel intérêt assez pressant lui fait faire une telle école, desserre les dents d'un tel homme? S'en croirait-il assez sûr pour...? La sottise et la vanité sont compagnes inséparables! Mon politique babille et se confie! Il a perdu le coup. Y a faute!

SCÈNE VIII.

GUILLAUME, FIGARO.

GUILLAUME, avec une lettre.

Meissieir Bégearss! Ché vois qu'il est pas pour üci?

FIGARO, rangeant le déjeûner.

Tu peux l'attendre, il va rentrer.

GUILLAUME, reculant.

Meingoth! ch'attendrai pas meissieir en gombagnie té vous! Mon maître il voudrait point, jé chure.

FIGARO.

Il te le défend? eh bien! donne la lettre; je vais la lui remettre en rentrant.

GUILLAUME, reculant.

Pas plis à vous té lettres ! Oh , tiable ! il voudra pientôt me jasser.

FIGARO , à part.

Il faut pomper le sot. — Tu... viens de la poste , je crois ?

GUILLAUME.

Tiable ! non , ché viens pas.

FIGARO.

C'est sans doute quelque missive du gentlemen... du parent irlandais dont il vient d'hériter ? Tu sais cela , toi , bon Guillaume ?

GUILLAUME , riant niaisement.

Lettre d'un qu'il est mort, meissieir ! non , ché vous prie ! celui-là , ché crois pas , partié ! ce sera pien plitôt d'un autre. Péut-être il viendrait d'un qu'ils sont-là... pas contens , dehors.

FIGARO.

D'un de nos mécontens , dis-tu ?

GUILLAUME.

Oui ; mais ch'assure pas...

FIGARO , à part.

Cela se peut ; il est fourré dans tout. (A Guillaume.) On pourrait voir au timbre , et s'assurer...

GUILLAUME.

C'hassure pas ; pourquoi ? les lettres il vient chez M. O-Connor ; et puis , je sais pas quoi c'est *timpré* , moi.

FIGARO , vivement.

O-Connor ! banquier irlandais ?

GUILLAUME.

Mon foi !

FIGARO revient à lui, froidement.

Ici près, derrière l'hôtel ?

GUILLAUME.

Ein fort choli maison, partié! tes chens très...
beaucoup gracieux, si j'osse dire. (Il se retire à l'écart.)

FIGARO, à lui-même.

O fortune! O bonheur!

GUILLAUME, revenant.

Parle pas, fous, de s'té banquier, pour personne :
entende-fous ? ch'aurais pas dû... Tartaïfle! (Il frappe
du pied.)

FIGARO.

Va, je n'ai garde; ne crains rien.

GUILLAUME.

Mon maître, il dit, meissieir, vous âfre tout l'esprit, et moi pas... Alors c'est chuste... Mais, peut-
être ché suis mécontent d'avoir dit à fous...

FIGARO.

Et pourquoi ?

GUILLAUME.

Ché sais pas. — La valet trahir, voye-fous... l'être
un péché qu'il est parpare, vil, et même... puéril.

FIGARO.

Il est vrai; mais tu n'as rien dit.

GUILLAUME, désolé.

Mon Thié! Mon Thié! ché sais pas, là... quoi
tire... ou non... (Il se retire en soupirant.) Ah! (Il regarde
niaisement les livres de la bibliothèque.)

FIGARO, à part.

Quelle découverte! Hasard! je te salue! (Il cherche ses tablettes.) Il faut pourtant que je démêle comment un homme si caverneux s'arrange d'un tel im-

5.

bécile...! De même que les brigands redoutent les réverbères... Oui, mais un sot est un fallot; la lumière passe à travers. (Il dit en écrivant sur ses tablettes :) O-Connor, banquier irlandais. C'est là qu'il faut que j'établisse mon noir comité de recherches. Ce moyen-là n'est pas trop constitutionnel ; *ma ! per dio !* l'utilité ! Et puis, j'ai mes exemples ! (Il écrit.) Quatre ou cinq louis d'or au valet chargé du détail de la poste, pour ouvrir dans un cabaret chaque lettre de l'écriture d'Honoré-Tartufe Bégearss... Monsieur le tartufe honoré ! vous cesserez enfin de l'être ! Un dieu m'a mis sur votre piste. (Il serre ses tablettes.) Hasard ! dieu méconnu ! les anciens t'appelaient Destin ! nos gens te donnent un autre nom...

SCÈNE IX.

LE COMTE, LA COMTESSE, BÉGEARSS, FLO-RESTINE, FIGARO, GUILLAUME.

BÉGEARSS aperçoit Guillaume, et dit avec humeur en lui prenant la lettre.

Ne peux-tu pas me les garder chez moi ?

GUILLAUME.

Ché crois celui-ci, c'est tout comme... (Il sort.)

LA COMTESSE, au comte.

Monsieur, ce buste est un très-beau morceau : votre fils l'a-t-il vu ?

BÉGEARSS, la lettre ouverte.

Ah ! lettre de Madrid ! du secrétaire du ministre ! Il y a un mot qui vous regarde. (Il lit.) « Dites au comte Almaviva que le courrier qui part demain lui porte l'agrément du roi pour l'échange de toutes ses terres. » (Figaro écoute, et se fait, sans parler, un signe d'intelligence.)

LA COMTESSE.

Figaro ! dis donc à mon fils que nous déjeûnons tous ici.

FIGARO.

Madame, je vais l'avertir. (Il sort.)

SCÈNE X.

LE COMTE, LA COMTESSE, BÉGEARSS, FLORESTINE.

LE COMTE, à Bégearss.

J'en veux donner avis sur-le-champ à mon acqué-reur. Envoyez-moi du thé dans mon arrière-cabinet.

FLORESTINE.

Bon papa, c'est moi qui vous le porterai.

LE COMTE, bas à Florestine.

Pense beaucoup au peu que je t'ai dit. (Il la baise au front et sort.)

SCÈNE XI.

LÉON, LA COMTESSE, BÉGEARSS, FLORESTINE.

LÉON, avec chagrin.

Mon père s'en va quand j'arrive ! il m'a traité avec une rigueur...

LA COMTESSE, sévèrement.

Mon fils, quels discours tenez-vous ? dois-je me

voir toujours froissée par l'injustice de chacun? Votre père a besoin d'écrire à la personne qui échange ses terres.

FLORESTINE, gaiment.

Vous regrettez votre papa? nous aussi nous le regrettons. Cependant, comme il sait que c'est aujourd'hui votre fête, il m'a chargée, monsieur, de vous présenter ce bouquet. (Elle lui fait une grande révérence.)

LÉON pendant qu'elle l'ajuste à sa boutonnière.

Il n'en pouvait prier quelqu'un qui me rendît ses bontés aussi chères... (Il l'embrasse.)

FLORESTINE, se débattant.

Voyez, madame, si jamais on peut badiner avec lui, sans qu'il abuse au même instant...

LA COMTESSE, souriant.

Mon enfant, le jour de sa fête on peut lui passer quelque chose.

FLORESTINE, baissant les yeux.

Pour le punir, madame, faites-lui lire le discours qui fut, dit-on, tant applaudi hier à l'assemblée.

LÉON.

Si maman juge que j'ai tort, j'irai chercher ma pénitence.

FLORESTINE.

Ah! madame! ordonnez-le-lui.

LA COMTESSE.

Apportez-nous, mon fils, votre discours : moi, je vais prendre quelque ouvrage, pour l'écouter avec plus d'attention.

FLORESTINE, gaîment.

Obstiné! c'est bien fait; et je l'entendrai malgré vous.

LÉON, tendrement.

Malgré moi, quand vous l'ordonnez? Ah! Florestine, j'en défie! (La comtesse et Léon sortent chacun de leur côté.)

SCÈNE XII.

BÉGEARSS', FLORESTINE.

BÉGEARSS, bas.

Eh bien! mademoiselle, avez-vous deviné l'époux qu'on vous destine?

FLORESTINE, avec joie.

Mon cher monsieur Bégearss! vous êtes à tel point notre ami, que je me permettrai de penser tout haut avec vous. Sur qui puis-je porter les yeux? Mon parrain m'a bien dit: « Regarde autour de toi; choisis. » Je vois l'excès de sa bonté : ce ne peut être que Léon. Mais moi, sans biens, dois-je abuser....?

BÉGEARSS, d'un ton terrible.

Qui? Léon! son fils? votre frère?

FLORESTINE, avec un cri douloureux.

Ah! monsieur!...

BÉGEARSS.

Ne vous a-t-il pas dit : Appelle-moi ton père? Réveillez-vous, ma chère enfant! écartez un songe trompeur, qui pouvait devenir funeste.

FLORESTINE.

Ah! oui; funeste pour tous deux!

BÉGEARSS.

Vous sentez qu'un pareil secret doit rester caché dans votre âme. (Il sort en la regardant.)

SCÈNE XIII.

FLORESTINE, pleurant.

O ciel! il est mon frère, et j'ose avoir pour lui... Quel coup d'une lumière affreuse! et dans un tel sommeil, qu'il est cruel de s'éveiller. (Elle tombe accablée sur un siége.)

SCÈNE XIV.

LÉON, un papier à la main; FLORESTINE.

LÉON, joyeux, à part.

Maman n'est pas rentrée, et M. Bégearss est sorti: profitons d'un moment heureux.—Florestine! vous êtes ce matin, et toujours, d'une beauté parfaite; mais vous avez un air de joie, un ton aimable de gaîté, qui ranime mes espérances.

FLORESTINE, au désespoir.

Ah! Léon... (Elle retombe.)

LÉON.

Ciel! vos yeux noyés de larmes et votre visage défait m'annoncent quelque grand malheur!

FLORESTINE.

Des malheurs? Ah! Léon, il n'y en a plus que pour moi.

LÉON.

Floresta, ne m'aimez-vous plus ? lorsque mes sentimens pour vous...

FLORESTINE, d'un ton absolu.

Vos sentimens? ne m'en parlez jamais.

LÉON.

Quoi? l'amour le plus pur...

FLORESTINE, au désespoir.

Finissez ces cruels discours, ou je vais vous fuir à l'instant.

LÉON.

Grand Dieu ! qu'est-il donc arrivé? M. Bégearss vous a parlé, mademoiselle ; je veux savoir ce que vous a dit ce Bégearss.

SCÈNE XV.

LÉON, LA COMTESSE, FLORESTINE.

LÉON, continue.

Maman, venez à mon secours. Vous me voyez au désespoir ; Florestine ne m'aime plus.

FLORESTINE, pleurant.

Moi, madame, ne plus l'aimer ! Mon parrain, vous et lui, c'est le cri de ma vie entière.

LA COMTESSE.

Mon enfant, je n'en doute pas. Ton cœur excellent m'en répond. Mais de quoi donc s'afflige-t-il?

LÉON.

Maman, vous approuvez l'ardent amour que j'ai pour elle?

FLORESTINE, se jetant dans les bras de la comtesse.

Ordonnez-lui donc de se taire ! (En pleurant.) Il me fait mourir de douleur !

LA COMTESSE.

Mon enfant, je ne t'entends point. Ma surprise égale la sienne... Elle frissonne entre mes bras ! Qu'a-t-il donc fait qui puisse te déplaire ?

FLORESTINE, se renversant sur elle.

Madame, il ne me déplaît point. Je l'aime et le respecte à l'égal de mon frère ; mais qu'il n'exige rien de plus.

LÉON.

Vous l'entendez, maman ! Cruelle fille ! expli-quez-vous.

FLORESTINE.

Laissez-moi, laissez-moi, ou vous me causerez la mort.

SCÈNE XVI.

LÉON, LA COMTESSE, FLORESTINE ; FIGARO, arrivant avec l'équipage du thé ; SUZANNE, de l'autre côté, avec un métier de tapisserie.

LA COMTESSE.

Remporte tout, Suzanne : il n'est pas plus ques-tion de déjeûner que de lecture. Vous, Figaro, ser-vez du thé à votre maître ; il écrit dans son cabinet. Et toi, ma Florestine, viens dans le mien rassurer ton amie. Mes chers enfans, je vous porte en mon cœur ? — Pourquoi l'affligez-vous l'un après l'autre sans pitié ! Il y a ici des choses qu'il m'est important d'éclaircir. (Elles sortent.)

SCÈNE XVII.

LÉON, FIGARO, SUZANNE.

SUZANNE, à Figaro.

Je ne sais pas de quoi il est question ; mais je parierais bien que c'est là du Bégearss tout pur. Je veux absolument prémunir ma maîtresse.

FIGARO.

Attends que je sois plus instruit : nous nous concerterons ce soir. Oh ! j'ai fait une découverte...

SUZANNE.

Et tu me le diras ? (Elle sort.)

SCÈNE XVIII.

LÉON, FIGARO.

LÉON, désolé.

Ah, dieux !

FIGARO.

De quoi s'agit-il donc, monsieur?

LÉON.

Hélas! je l'ignore moi-même. Jamais je n'avais vu Floresta de si belle humeur, et je savais qu'elle avait eu un entretien avec mon père. Je la laisse un instant avec M. Bégearss ; je la trouve seule, en rentrant, les yeux remplis de larmes, et m'ordonnant de la fuir pour toujours. Que peut-il donc lui avoir dit?

FIGARO.

Si je ne craignais pas votre vivacité, je vous instruirais sur des points qu'il vous importe de savoir. Mais lorsque nous avons besoin d'une grande prudence, il ne faudrait qu'un mot de vous, trop vif, pour me faire perdre le fruit de dix années d'observations.

LÉON.

Ah! s'il ne faut qu'être prudent... Que crois-tu donc qu'il lui ai dit?

FIGARO.

Qu'elle doit accepter Honoré Bégearss pour époux; que c'est une affaire arrangée entre monsieur votre père et lui.

LÉON.

Entre mon père et lui? Le traître aura ma vie!

FIGARO.

Avec ces façons-là, monsieur, le traître n'aura pas votre vie; mais il aura votre maîtresse, et votre fortune avec elle.

LÉON.

Eh bien! ami, pardon: apprends-moi ce que je dois faire.

FIGARO.

Deviner l'énigme du Sphinx, ou bien en être dévoré. En d'autres termes, il faut vous modérer, le laisser dire, et dissimuler avec lui.

LÉON, avec fureur.

Me modérer!... Oui, je me modérerai. Mais j'ai la rage dans le cœur! — M'enlever Florestine! Ah! le voici qui vient: je vais m'expliquer... froidement.

FIGARO.

Tout est perdu si vous vous échappez.

SCÈNE XIX.

BÉGEARSS, LÉON, FIGARO.

LÉON, se contenant mal.

Monsieur, monsieur, un mot. Il importe à votre
repos que vous répondiez sans détour.—Florestine
est au désespoir : qu'avez-vous dit à Florestine?

BÉGEARSS, d'un ton glacé.

Et qui vous dit que je lui ai parlé? Ne peut-elle
avoir des chagrins sans que j'y sois pour quelque
chose?

LÉON, vivement.

Point d'évasions, monsieur. Elle était d'une humeur charmante : en sortant d'avec vous, on la voit
fondre en larmes. De quelque part qu'elle en re-
çoive, mon cœur partage ses chagrins. Vous m'en
direz la cause, ou bien vous m'en ferez raison.

BÉGEARSS.

Avec un ton moins absolu on peut tout obtenir
de moi ; je ne sais point céder à des menaces.

LÉON, furieux.

Eh bien, perfide, défends-toi. J'aurai ta vie ou tu
auras la mienne! (Il met la main à son épée.)

FIGARO les arrête.

Monsieur Bégearss ! au fils de votre ami? dans sa
maison, où vous logez?

BÉGEARSS, se contenant.

Je sais trop ce que je me dois... Je vais m'expliquer avec lui; mais je n'y veux point de témoins. Sortez et laissez-nous ensemble.

LÉON.

Va, mon cher Figaro, tu vois qu'il ne peut m'échapper; ne lui laissons aucune excuse.

FIGARO, à part.

Moi, je cours avertir son père. (Il sort.)

SCÈNE XX.

LÉON, BÉGEARSS.

LÉON, lui barrant la porte.

Il vous convient peut-être mieux de vous battre que de parler. Vous êtes le maître du choix; mais je n'admettrai rien d'étranger à ces deux moyens.

BÉGEARSS, froidement.

Léon! un homme d'honneur n'égorge pas le fils de son ami. Devais-je m'expliquer devant un malheureux valet, insolent d'être parvenu à presque gouverner son maître?

LÉON, s'asseyant.

Au fait, monsieur, je vous attends.

BÉGEARSS.

Oh! que vous allez regretter une fureur déraisonnable!

LÉON.

C'est ce que nous verrons bientôt.

BÉGEARSS, affectant une dignité froide.

Léon! vous aimez Florestine; il y a long-temps que je le vois... Tant que votre frère a vécu, je n'ai pas cru devoir servir un amour malheureux qui ne

vous conduisait à rien. Mais depuis qu'un funeste
duel, disposant de sa vie, vous a mis en sa place,
j'ai eu l'orgueil de croire mon influence capable de
disposer monsieur votre père à vous unir à celle que
vous aimez. Je l'attaquais de toutes les manières;
une résistance invincible a repoussé tous mes efforts.
Désolé de le voir rejeter un projet qui me paraissait
fait pour le bonheur de tous... Pardon, mon jeune
ami, je vais vous affliger; mais il le faut en ce moment, pour vous sauver d'un malheur éternel. Rap-
pelez bien votre raison, vous allez en avoir besoin.
—J'ai forcé votre père à rompre le silence, à me
confier son secret. O mon ami! m'a dit enfin le
comte, je connais l'amour de mon fils; mais puis-je
lui donner Florestine pour femme? Celle que l'on
croit ma pupille... elle est ma fille; elle est sa sœur.

LÉON, reculant vivement.

Florestine...! ma sœur...?

BÉGEARSS.

Voilà le mot qu'un sévère devoir... Ah! je vous
le dois à tous deux : mon silence pouvait vous perdre. Eh bien! Léon, voulez-vous vous battre avec
moi?

LÉON.

Mon généreux ami! je ne suis qu'un ingrat, un
monstre! oubliez ma rage insensée...

BÉGEARSS, bien tartufe.

Mais c'est à condition que ce fatal secret ne sortira
jamais... Dévoiler la honte d'un père, ce serait un
crime...

LÉON, se jetant dans ses bras.

Ah! jamais.

6.

SCÈNE XXI.

LE COMTE, LÉON, FIGARO, BÉGEARSS.

FIGARO, accourant.

Les voilà, les voilà!

LE COMTE.

Dans les bras l'un de l'autre! Eh! vous perde:
l'esprit!

FIGARO, stupéfait.

Ma foi! monsieur... on le perdrait à moins.

LE COMTE, à Figaro.

M'expliquerez-vous cette énigme?

LÉON, tremblant.

Ah! c'est à moi, mon père, à l'expliquer. Pardon! je dois mourir de honte! Sur un sujet assez frivole, je m'étais... beaucoup oublié. Son caractère généreux, non seulement me rend à la raison, mais il a la bonté d'excuser ma folie en me la pardonnant. Je lui en rendais grâce lorsque vous nous avez surpris.

LE COMTE.

Ce n'est pas la centième fois que vous lui devez de la reconnaissance. Au fait, nous lui en devons tous. (Figaro, sans parler, se donne un coup de poing au front. Bégearss l'examine et sourit.) (A son fils.) Retirez-vous, monsieur. Votre aveu seul enchaîne ma colère.

BÉGEARSS.

Ah! monsieur, tout est oublié.

LE COMTE, à Léon.

Allez vous repentir d'avoir manqué à mon ami, au vôtre, à l'homme le plus vertueux...

LÉON, s'en allant.

Je suis au désespoir !

FIGARO, à part, avec colère.

C'est une légion de diables enfermés dans un seul pourpoint.

SCENE XXII.

LE COMTE, BÉGEARSS, FIGARO.

LE COMTE, à Bégearss, à part.

Mon ami, finissons ce que nous avons commencé. (A Figaro.) Vous, monsieur l'étourdi, avec vos belles conjectures, donnez-moi les trois millions d'or que vous m'avez vous-même apportés de Cadix, en soixante effets au porteur... Je vous avais chargé de les numéroter.

FIGARO.

Je l'ai fait.

LE COMTE.

Remettez-m'en le portefeuille.

FIGARO.

De quoi? de ces trois millions d'or?

LE COMTE.

Sans doute. Eh bien! qui vous arrête?

FIGARO, humblement.

Moi, monsieur...? Je ne les ai plus.

BÉGEARSS.

Comment, vous ne les avez plus?

FIGARO, fièrement.

Non, monsieur.

BÉGEARSS, vivement.

Qu'en avez-vous fait?

FIGARO.

Lorsque mon maître m'interroge, je lui dois compte de mes actions; mais à vous? je ne vous dois rien.

LE COMTE, en colère.

Insolent! qu'en avez-vous fait?

FIGARO, froidement.

Je les ai portés en dépôt chez M. Fal, votre notaire.

BÉGEARSS.

Mais de l'avis de qui?

FIGARO, fièrement.

Du mien; et j'avoue que j'en suis toujours.

BÉGEARSS.

Je vais gager qu'il n'en est rien.

FIGARO.

Comme j'ai sa reconnaissance, vous courez risque de perdre la gageure.

BÉGEARSS.

Ou s'il les a reçus, c'est pour agioter. Ces gens-là partagent ensemble.

FIGARO.

Vous pourriez un peu mieux parler d'un homme qui vous a obligé.

RÉGEARSS.

Je ne lui dois rien.

FIGARO.

Je le crois, quand on a hérité de *quarante mille doublons de huit...*

LE COMTE, se fâchant.

Avez-vous donc quelque remarque à nous faire aussi là-dessus?

FIGARO.

Qui? moi, monsieur? J'en doute d'autant moins, que j'ai beaucoup connu le parent dont monsieur hérite. Un jeune homme assez libertin, joueur, prodigue et querelleur; sans frein, sans mœurs, sans caractère, et n'ayant rien à lui, pas même les vices qui l'ont tué; qu'un combat des plus malheureux... (Le comte frappe du pied.)

BÉGEARSS, en colère.

Enfin, nous direz-vous pourquoi vous avez déposé cet or?

FIGARO.

Ma foi, monsieur, c'est pour n'en être plus chargé. Ne pouvait-on pas le voler? que sait-on? il s'introduit souvent de grands fripons dans les maisons.

BÉGEARSS, en colère.

Pourtant Monsieur veut qu'on le rende.

FIGARO.

Monsieur peut l'envoyer chercher.

BÉGEARSS.

Mais ce notaire s'en dessaisira-t-il, s'il ne voit son récépissé?

FIGARO.

Je vais le remettre à monsieur; et quand j'aurai fait mon devoir, s'il en arrive quelque mal, il ne pourra s'en prendre à moi.

LE COMTE.

Je l'attends dans mon cabinet.

FIGARO, au comte.

Je vous préviens que monsieur Fal ne les rendr
que sur votre reçu; je le lui ai recommandé. (Il sort

SCÈNE XXIII.

LE COMTE, BÉGEARSS.

BÉGEARSS, en colère.

Comblez cette canaille, et voyez ce qu'elle devient
En vérité, monsieur, mon amitié me force à vous l
dire : vous devenez trop confiant; il a deviné no
secrets. De valet, barbier, chirurgien, vous l'ave
établi trésorier, secrétaire, une espèce de *factotum*
Il est notoire que ce monsieur fait bien ses affairé
avec vous.

LE COMTE.

Sur la fidélité, je n'ai rien à lui reprocher; mai
il est vrai qu'il est d'une arrogance...

BÉGEARSS.

Vous avez un moyen de vous en délivrer, én le
récompensant.

LE COMTE.

Je le voudrais souvent.

BÉGEARS, confidentiellement.

En envoyant le chevalier à Malte, sans doute vous
voulez qu'un homme affidé le surveille? Celui-ci,
trop flatté d'un aussi honorable emploi, ne peut
manquer de l'accepter : vous en voilà défait pour
bien du temps.

LE COMTE.

Vous avez raison, mon ami. Aussi bien, m'a-t-on
dit qu'il vit très-mal avec sa femme. (Il sort.)

SCÈNE XXIV.

BÉGEARSS.

Encore un pas de fait...! Ah! noble espion, la fleur des drôles! qui faites ici le bon valet, et voulez nous souffler la dot, en nous donnant des noms de comédie! Grâce aux soins d'Honoré Tartufe, vous irez partager le malaise des caravanes, et finirez vos inspections sur nous.

€:

FIN DU SECOND ACTE.

ACTE TROISIÈME.

Le théâtre représente le cabinet de la comtesse, orné de fleur de toutes parts.

SCÈNE PREMIÈRE.

LA COMTESSE, SUZANNE.

LA COMTESSE.

Je n'ai pu rien tirer de cet enfant.—Ce sont des pleurs, des étouffemens...! Elle se croit des torts envers moi; m'a demandé cent fois pardon; elle veut aller au couvent. Si je rapproche tout ceci de sa conduite envers mon fils, je présume qu'elle se reproche d'avoir écouté son amour, entretenu ses espérances, ne se croyant pas un parti assez considérable pour lui.—Charmante délicatesse! excès d'une aimable vertu! monsieur Bégearss, apparemment, lui en a touché quelques mots qui l'auront amenée à s'affliger sur elle! Car c'est un homme si scrupuleux et si délicat sur l'honneur, qu'il s'exagère quelquefois, et se fait des fantômes où les autres ne voient rien.

SUZANNE.

J'ignore d'où provient le mal; mais il se passe ici des choses bien étranges! Quelque démon y souffle un feu secret. Notre maître est sombre à périr; il nous éloigne tous de lui. Vous êtes sans cesse à pleurer. Mademoiselle est suffoquée, monsieur vo-

tre fils désolé…! Monsieur Bégearss, lui seul imper-
turbable comme un dieu , semble n'être affecté de
rien , voit tous vos chagrins d'un œil sec…

LA COMTESSE.

Mon enfant , son cœur les partage. Hélas ! sans ce
consolateur, qui verse un baume sur nos plaies ,
dont la sagesse nous soutient, adoucit toutes les
aigreurs , calme mon irascible époux , nous serions
bien plus malheureux !

SUZANNE.

Je souhaite , madame , que vous ne vous abusiez
pas !

LA COMTESSE.

Je t'ai vue autrefois lui rendre plus de justice.
(Suzanne baisse les yeux.) Au reste il peut seul me tirer
du trouble où cette enfant m'a mise. Fais-le prier
de descendre chez moi.

SUZANNE.

Le voici qui vient à propos ; vous vous ferez coiffer
plus tard. (Elle sort.)

SCÈNE II.

LA COMTESSE , BÉGEARSS.

LA COMTESSE , douloureusement.

Ah ! mon pauvre major ! que se passe-t-il donc
ici ? Touchons-nous enfin à la crise que j'ai si long-
temps redoutée, que j'ai vue de loin se former ? L'é-
loignement du comte pour mon malheureux fils
semble augmenter de jour en jour. Quelque lumière
fatale aura pénétré jusqu'à lui !

BÉGEARSS.

Madame, je ne le crois pas.

LA COMTESSE.

Depuis que ciel m'a punie par la mort de mon fils aîné, je vois le comte absolument changé : au lieu de travailler avec l'ambassadeur à Rome pour rompre les vœux de Léon, je le vois s'obstiner à l'envoyer à Malte.—Je sais de plus, monsieur Bégearss, qu'il dénature sa fortune, et veut abandonner l'Espagne, pour s'établir dans ce pays. — L'autre jour à dîner, devant trente personnes, il raisonna sur le divorce d'une façon à me faire frémir.

BÉGEARSS.

J'y étais ; je m'en souviens trop !

LA COMTESSE, en larmes.

Pardon, mon digne ami ; je ne puis pleurer qu'avec vous !

BÉGEARSS.

Déposez vos douleurs dans le sein d'un homme sensible.

LA COMTESSE.

Enfin, est-ce lui, est-ce vous, qui avez déchiré le cœur de Florestine ? Je la destinais à mon fils.—Née sans biens, il est vrai, mais noble, belle et vertueuse ; élevée au milieu de nous : mon fils, devenu héritier, n'en a-t-il pas assez pour deux ?

BÉGEARSS.

Que trop, peut-être ; et c'est d'où vient le mal !

LA COMTESSE.

Mais, comme si le ciel n'eût attendu aussi longtemps que pour me mieux punir d'une imprudence tant pleurée, tout semble s'unir à la fois pour ren-

verser mes espérances. Mon époux déteste mon fils...
Florestine renonce à lui. Aigrie par je ne sais quel
motif, elle veut le fuir pour toujours. Il en mourra,
le malheureux! voilà ce qui est bien certain. (Elle
joint les mains.) Ciel vengeur! après vingt années de
larmes et de repentir, me réservez-vous à l'horreur
de voir ma faute découverte? Ah! que je sois seule
misérable! mon Dieu : je ne m'en plaindrai pas!
mais que mon fils ne porte point la peine d'un crime
qu'il n'a pas commis! Connaissez-vous, monsieur
Bégearss, quelque remède à tant de maux?

BÉGEARSS.

Oui, femme respectable! et je venais exprès dis-
siper vos terreurs. Quand on craint une chose, tous
nos regards se portent vers cet objet trop alarmant :
quoi qu'on dise ou qu'on fasse, la frayeur empoi-
sonne tout. Enfin je tiens la clef de ces énigmes.
Vous pouvez encore être heureuse.

LA COMTESSE.

L'est-on avec une âme déchirée de remords?

BÉGEARSS.

Votre époux ne fuit point Léon; il ne soupçonne
rien sur le secret de sa naissance.

LA COMTESSE, vivement.

Monsieur Bégearss!

BÉGEARSS.

Et tous ces mouvemens que vous prenez pour de
la haine ne sont que l'effet d'un scrupule. Oh! que
je vais vous soulager!

LA COMTESSE, ardemment.

Mon cher monsieur Bégearss!

BÉGEARSS.

Mais enterrez dans ce cœur allégé le grand mot que je vais vous dire. Votre secret à vous, c'est la naissance de Léon! Le sien est celle de Florestine: (*Plus bas.*) il est son tuteur... et son père.

LA COMTESSE, joignant les mains.

Dieu tout-puissant qui me prends en pitié!

BÉGEARSS.

Jugez de sa frayeur en voyant ces enfans amoureux l'un de l'autre! ne pouvant dire son secret, ni supporter qu'un tel attachement devînt le fruit de son silence, il est resté sombre, bizarre; et s'il veut éloigner son fils, c'est pour éteindre, s'il se peut, par cette absence et par ces vœux, un malheureux amour qu'il croit ne pouvoir tolérer.

LA COMTESSE, priant avec ardeur.

Source éternelle des bienfaits! ô mon Dieu! tu permets qu'en partie je répare la faute involontaire qu'un insensé me fit commettre; que j'aie, de mon côté, quelque chose à remettre à cet époux que j'offensai! O comte Almaviva! mon cœur flétri, fermé par vingt années de peines, va se rouvrir enfin pour toi. Florestine est ta fille; elle me devient chère comme si mon sein l'eût portée. Faisons, sans nous parler, l'échange de notre indulgence! O monsieur Bégearss! achevez.

BÉGEARSS.

Mon amie, je n'arrête point ces premiers élans d'un bon cœur : les émotions de la joie ne sont point dangereuses comme celles de la tristesse; mais, au nom de votre repos, écoutez-moi jusqu'à la fin.

LA COMTESSE.

Parlez, mon généreux ami : vous à qui je dois tout, parlez.

BÉGEARSS.

Votre époux, cherchant un moyen de garantir sa Florestine de cet amour qu'il croit incestueux, m'a proposé de l'épouser; mais, indépendamment du sentiment profond et malheureux que mon respect pour vos douleurs...

LA COMTESSE, douloureusement.

Ah! mon ami! par compassion pour moi...

BÉGEARSS.

N'en parlons plus. Quelques mots d'établissement, tournés d'une manière équivoque, ont fait penser à Florestine qu'il était question de Léon. Son jeune cœur s'en épanouissait, quand un valet vous annonça. Sans m'expliquer depuis sur les vues de son père, un mot de moi, la ramenant aux sévères idées de la fraternité, a produit cet orage, et la religieuse horreur dont votre fils ni vous ne pénétriez le motif.

LA COMTESSE.

Il en était bien loin, le pauvre enfant!

BÉGEARSS.

Maintenant qu'il vous est connu, devons-nous suivre ce projet d'une union qui répare tout?...

LA COMTESSE, vivement.

Il faut s'y tenir, mon ami; mon cœur et mon esprit sont d'accord sur ce point, et c'est à moi de la déterminer. Par là nos secrets sont couverts; nul étranger ne les pénétrera. Après vingt années de souffrances nous passerons des jours heureux, et

7.

c'est à vous, mon digne ami, que ma famille les devra.

BÉGEARSS, élevant le ton.

Pour que rien ne les trouble plus, il faut encore un sacrifice, et mon amie est digne de le faire.

LA COMTESSE.

Hélas! je veux les faire tous.

BÉGEARSS, l'air imposant.

Ces lettres, ces papiers d'un infortuné qui n'est plus, il faudra les réduire en cendres.

LA COMTESSE, avec douleur.

Ah, Dieu!

BÉGEARSS.

Quand cet ami mourant me chargea de vous les remettre, son dernier ordre fut qu'il fallait sauver votre honneur, en ne laissant aucune trace de ce qui pourrait l'altérer.

LA COMTESSE.

Dieu! Dieu!

BÉGEARSS.

Vingt ans se sont passés sans que j'aie pu obtenir que ce triste aliment de votre éternelle douleur s'éloignât de vos yeux. Mais indépendamment du mal que tout cela vous fait, voyez quel danger vous courez.

LA COMTESSE.

Eh! que peut-on avoir à craindre?

BÉGEARSS, regardant si on peut l'entendre, parlant bas.

Je ne soupçonne point Suzanne; mais une femme de chambre, instruite que vous conservez ces papiers, ne pourrait-elle pas un jour s'en faire un moyen de fortune? un seul remis à votre époux,

»que peut-être il paierait bien cher, vous plongerait
»dans des malheurs...

LA COMTESSE.

Non, Suzanne a le cœur trop bon...

BÉGEARSS, d'un ton plus élevé, très-ferme.

Ma respectable amie! vous avez payé votre dette
à la tendresse, à la douleur, à vos devoirs de tous
les genres; et si vous êtes satisfaite de la conduite
d'un ami, j'en veux avoir la récompense. Il faut
brûler tous ces papiers, éteindre tous ces souvenirs
d'une faute autant expiée; mais, pour ne jamais
revenir sur un sujet si douloureux, j'exige que le
sacrifice en soit fait dans ce même instant.

LA COMTESSE, tremblante.

Je crois entendre Dieu qui parle! il m'ordonne
de l'oublier, de déchirer le crêpe obscur dont sa
mort a couvert ma vie. Oui, mon Dieu! je vais obéir
à cet ami que vous m'avez donné. (Elle sonne.) Ce
qu'il exige en votre nom, mon repentir le conseil-
lait; mais ma faiblesse a combattu.

SCÈNE III.

LA COMTESSE, BÉGEARSS, SUZANNE.

LA COMTESSE.

Suzanne! apporte-moi le coffret de mes diamans.
— Non, je vais le prendre moi-même, il te faudrait
chercher la clef...

SCÈNE IV.

BÉGEARSS, SUZANNE.

SUZANNE, un peu troublée.

Monsieur Bégearss, de quoi s'agit-il donc? Toutes
les têtes sont renversées! Cette maison ressemble à
l'hôpital des fous! Madame pleure; Mademoiselle
étouffe; le chevalier Léon parle de se noyer; Monsieur est enfermé et ne veut voir personne. Pourquoi ce coffre aux diamans inspire-t-il en ce moment
tant d'intérêt à tout le monde?

BÉGEARSS, mettant son doigt sur sa bouche en signe de
mystère.

Chut! ne montre ici nulle curiosité. Tu le sauras
dans peu... Tout va bien; tout est bien... Cette
journée vaut... Chut...

SCÈNE V.

LA COMTESSE, BÉGEARSS, SUZANNE.

LA COMTESSE, tenant le coffret aux diamans.

Suzanne, apporte-nous du feu dans le brazéro du
boudoir.

SUZANNE.

Si c'est pour brûler des papiers, la lampe de nuit
allumée est encore là dans l'athénienne. (Elle l'avance.)

LA COMTESSE.

Veille à la porte, et que personne n'entre.

SUZANNE, en sortant, à part.

Courons avant avertir Figaro.

SCENE VI.

LA COMTESSE, BÉGEARSS.

BÉGEARSS.

Combien j'ai souhaité pour vous le moment auquel nous touchons !

LA COMTESSE, étouffée.

O mon ami ! quel jour nous choisissons pour consommer ce sacrifice ! celui de la naissance de mon malheureux fils ! A cette époque, tous les ans, leur consacrant cette journée, je demandais pardon au ciel, et je m'abreuvais de mes larmes en relisant ces tristes lettres. Je me rendais au moins le témoignage qu'il y eut entre nous plus d'erreur que de crime. Ah ! faut-il donc brûler tout ce qui me reste de lui ?

BÉGEARSS.

Quoi, madame ! détruisez-vous ce fils qui vous le représente ? ne lui devez-vous pas un sacrifice qui le préserve de mille affreux dangers ? vous vous le devez à vous-même ! et la sécurité de votre vie entière est attachée peut-être à cet acte imposant ! (Il ouvre le secret de l'écrin et en tire les lettres.)

LA COMTESSE, surprise.

Monsieur Bégearss, vous l'ouvrez mieux que moi !... Que je les lise encore !

BÉGEARSS, sévèrement.

Non, je ne le permettrai pas.

LA COMTESSE.

Seulement la dernière où, traçant ses tristes

adieux, du sang qu'il répandit pour moi, il m'a
donné la leçon du courage dont j'ai tant besoin aujourd'hui.

BÉGEARSS, s'y opposant.

Si vous lisez un mot, nous ne brûlerons rien.
Offrez au ciel un sacrifice entier, courageux, volontaire, exempt de faiblesses humaines! ou si vous
n'osez l'accomplir, c'est à moi d'être fort pour
vous. Les voilà toutes dans le feu. (Il y jette le paquet.)

LA COMTESSE, vivement.

Monsieur Bégearss! Cruel ami! c'est ma vie que
vous consumez! qu'il m'en reste au moins un lam-
beau. (Elle veut se précipiter sur les lettres enflammées
Bégearss la retient à bras le corps.)

BÉGEARSS.

J'en jetterai la cendre au vent.

SCÈNE VII.

LE COMTE, LA COMTESSE, BÉGEARSS, FIGARO, SUZANNE.

SUZANNE, accourt.

C'est Monsieur, il me suit; mais amené par Figaro.

LE COMTE, les surprenant en cette posture.

Qu'est-ce donc que je vois, madame! d'où vient
tout ce désordre? quel est ce feu, ce coffre, ces
papiers? pourquoi ce débat et ces pleurs? (Bégearss
et la comtesse restent confondus.) Vous ne répondez
point?

BÉGEARSS se remet, et dit d'un ton pénible.

J'espère, monsieur, que vous n'exigéz pas qu'on

j'explique devant vos gens. J'ignore quel dessein vous fait surprendre ainsi madame! quant à moi, je suis résolu de soutenir mon caractère en rendant un hommage pur à la vérité, quelle qu'elle soit.

LE COMTE, à Figaro et à Suzanne.

Sortez tous deux.

FIGARO.

Mais, monsieur, rendez-moi du moins la justice de déclarer que je vous ai remis le *récépissé* du notaire, sur le grand objet de tantôt.

LE COMTE.

Je le fais volontiers, puisque c'est réparer un tort. (A Bégearss.) Soyez certain, monsieur, que voilà le *récépissé*. (Il le remet dans sa poche. Figaro et Suzanne sortent chacun de leur côté.)

FIGARO, bas à Suzanne, en s'en allant.

S'il échappe à l'explication…!

SUZANNE, bas.

Il est bien subtil.

FIGARO, bas.

Je l'ai tué!

SCÈNE VIII.

LE COMTE, LA COMTESSE, BÉGEARSS.

LE COMTE, d'un ton sérieux.

Madame, nous sommes seuls.

BÉGEARSS, encore ému.

C'est moi qui parlerai. Je subirai cet interrogatoire. M'avez-vous vu, monsieur, trahir la vérité dans quelque occasion que ce fût?

LE COMTE , sèchement.

Monsieur... je ne dis pas cela.

BÉGEARSS , tout-à-fait remis.

Quoique je sois loin d'approuver cette inquisition peu décente, l'honneur m'oblige à répéter ce que je disais à Madame , en répondant à sa consultation :

« Tout dépositaire de secrets ne doit jamais conserver de papiers s'ils peuvent compromettre un ami qui n'est plus , et qui les mit sous notre garde. Quelque chagrin qu'on ait à s'en défaire , et quelque intérêt même qu'on eût à les garder, le saint respect des morts doit avoir le pas devant tout. » (Il montre le comte.) Un accident inopiné ne peut-il pas en rendre un adversaire possesseur? (Le comte le tire par la manche pour qu'il ne pousse pas l'explication plus loin.) Auriez-vous dit, monsieur, autre chose en ma position? Qui cherche des conseils timides , ou le soutien d'une faiblesse honteuse, ne doit point s'adresser à moi! vous en avez des preuves l'un et l'autre, et vous surtout, monsieur le comte ! (Le comte lui fait un signe.) Voilà sur la demande que m'a faite madame, et sans chercher à pénétrer ce que contenaient ces papiers, ce qui m'a fait lui donner un conseil pour la sévère exécution duquel je l'ai vue manquer de courage; je n'ai pas hésité d'y substituer le mien, en combattant ses délais imprudens. Voilà quels étaient nos débats ; mais quelque chose qu'on en pense, je ne regretterai point ce que j'ai dit, ce que j'ai fait. (Il lève les bras.) Sainte amitié! tu n'es qu'un vain titre, si l'on ne remplit point tes austères devoirs. — Permettez que je me retire.

LE COMTE , exalté.

O le meilleur des hommes! Non , vous ne nous

quitterez pas. — Madame, il va nous appartenir de plus près ; je lui donne ma Florestine.

LA COMTESSE , avec vivacité.

Monsieur, vous ne pouviez pas faire un plus digne emploi du pouvoir que la loi vous donne sur elle. Ce choix a mon assentiment si vous le jugez nécessaire, et le plus tôt vaudra le mieux.

LE COMTE , hésitant.

Eh bien!... ce soir... sans bruit... votre aumô-nier...

LA COMTESSE , avec ardeur.

Eh bien ! moi qui lui sers de mère, je vais la pré-parer à l'auguste cérémonie ! mais laisserez-vous votre ami seul généreux envers cette digne enfant ? J'ai du plaisir à penser le contraire.

LE COMTE , embarrassé.

Ah! madame... croyez...

LA COMTESSE , avec joie.

Oui, monsieur, je le crois. C'est aujourd'hui la fête de mon fils ; ces deux événemens réunis me rendent cette journée bien chère. (Elle sort.)

SCÈNE IX.

LE COMTE, BÉGEARSS.

LE COMTE , la regardant aller.

Je ne reviens pas de mon étonnement. Je m'at-tendais à des débats, à des objections sans nombre ; et je la trouve juste, bonne, généreuse envers mon enfant : *moi qui lui sers de mère*, dit-elle. Non, ce n'est point une méchante femme! elle a dans ses actions une dignité qui m'impose...; un ton qui brise les reproches, quand on voudrait l'en accabler. Mais, mon ami, je m'en dois à moi-même, pour la surprise que j'ai montrée en voyant brûler ces papiers.

BÉGEARS.

Quant à moi, je n'en ai point eu, voyant avec qui vous veniez. Ce reptile vous a sifflé que j'étais là pour trahir vos secrets? De si basses imputations n'atteignent point un homme de ma hauteur; je les vois ramper loin de moi. Mais, après tout, monsieur, que vous importaient ces papiers? n'aviez-vous pas pris malgré moi tous ceux que vous vouliez garder? Ah! plût au ciel qu'elle m'eût consulté plus tôt! vous n'auriez pas contre elle des preuves sans réplique!

LE COMTE, avec douleur.

Oui, sans réplique! (Avec ardeur.) Otons-les de mon sein : elles me brûlent la poitrine. (Il tire la lettre de son sein et la met dans sa poche.)

BÉGEARSS continue avec douceur.

Je combattrais avec plus d'avantage en faveur du fils de la loi! car enfin il n'est pas comptable du triste sort qui l'a mis dans vos bras.

LE COMTE reprend sa fureur.

Lui, dans mes bras? jamais.

BÉGEARSS.

Il n'est point coupable non plus dans son amour pour Florestine; et cependant, tant qu'il reste près d'elle, puis-je m'unir à cette enfant, qui, peut-être

>éprise elle-même, ne cédera qu'à son respect pour
/vous ? La délicatesse blessée...

LE COMTE.

Mon ami, je t'entends ! et ta réflexion me décide
;à le faire partir sur-le-champ. Oui , je serai moins
ımalheureux quand ce fatal objet ne blessera plus
ımes regards : mais comment entamer ce sujet avec
,elle? voudra-t-elle s'en séparer? il faudra donc faire
run éclat?

BÉGEARSS.

Un éclat !... non... mais le divorce, accrédité chez
)cette nation hasardeuse , vous permettra d'user de
ice moyen.

LE COMTE.

Moi, publier ma honte ! quelques lâches l'ont
fait... c'est le dernier degré de l'avilissement du
: siècle. Que l'opprobre soit le partage de qui donne
un pareil scandale, et des fripons qui le provoquent.

BÉGEARSS.

J'ai fait envers elle, envers vous, ce que l'honneur me prescrivait. Je ne suis point pour les moyens
violens, surtout quand il s'agit d'un fils...

LE COMTE.

Dites *d'un étranger*, dont je vais hâter le départ.

BÉGEARSS.

N'oubliez pas cet insolent valet.

LE COMTE.

J'en suis trop las pour le garder. Toi , cours, ami,
chez mon notaire ; retire , avec mon reçu que voilà,
mes trois millions d'or déposés. Alors tu peux à
juste titre être généreux au contrat qu'il nous faut

brusquer. aujourd'hui... car te voilà bien possesseur... (Il lui remet le reçu, le prend sous le bras, et ils
sortent.) Et ce soir, à minuit, sans bruit, dans la
chapelle de Madame... (On n'entend pas le reste.)

FIN DU TROISIÈME ACTE.

ACTE QUATRIÈME.

Le théâtre représente le même cabinet de la comtesse.

SCÈNE PREMIÈRE.

FIGARO, agité, regardant de côté et d'autre.

Elle me dit : « Viens à six heures au cabinet ; c'est le plus sûr pour nous parler. » Je brusque tout dehors, et je rentre en sueur ! Où est-elle ? (Il se promène en s'essuyant.) Ah ! parbleu, je ne suis pas fou ! je les ai vus sortir d'ici, Monsieur le tenant sous le bras... ! Eh bien ! pour un échec, abandonnons-nous la partie... ? Un orateur fuit-il lâchement la tribune pour un argument tué sous lui ? Mais, quel détestable endormeur ! (Vivement.) Parvenir à brûler les lettres de Madame pour qu'elle ne voie pas qu'il en manque ; et se tirer d'un éclaircissement... ! C'est l'enfer concentré, tel que Milton nous l'a dépeint ! (D'un ton badin.) J'avais raison tantôt, dans ma colère : Honoré Bégearss est le diable que les Hébreux nommaient Légion ; et, si l'on y regardait bien, on verrait le lutin avoir le pied fourchu, seule partie, disait ma mère, que les démons ne peuvent déguiser. (Il rit.) Ha, ha, ha, ma gaîté me revient ; d'abord, parce que j'ai mis l'or du Mexique en sûreté chez Fal ; ce qui nous donnera du temps ; (il frappe d'un billet sur sa main) et puis... docteur en toute hypocrisie ! vrai major d'infernal tartufe ! grâce au hasard

8.

qui régit tout, à ma tactique, à quelques louis se-
més, voici·qui me promet une lettre de toi, où,
dit-on, tu poses le masque, à ne rien laisser désirer !
(Il ouvre le billet, et dit :) Le coquin qui l'a lu en veut
cinquante louis…? eh bien ! il les aura si la lettre
les vaut; une année de mes gages sera bien employée
si je parviens à détromper un maître à qui nous devons tant… Mais où es-tu, Suzanne, pour en rire ?
O che piacere…! A demain donc ! car je ne vois pas
que rien périclite ce soir…. Et pourquoi perdre un
temps..?Je m'en suis toujours repenti…(Très-vivement.)
Point de délai; courons attacher le pétard; dormons
dessus; la nuit porte conseil, et demain matin nous
verrons qui des deux fera sauter l'autre.

SCÈNE II.

BÉGEARSS, FIGARO.

BÉGEARSS, raillant.

Hé é é! c'est mons Figaro ! La place est agréable,
puisqu'on y retrouve monsieur.

FIGARO, du même ton.

Ne fût-ce que pour avoir la joie de l'en chasser une
autre fois.

BÉGEARSS.

De la rancune pour si peu? vous êtes bien bon
d'y songer ! chacun n'a-t-il pas sa manie ?

FIGARO.

Et celle de monsieur est de ne plaider qu'à huis
clos ?

BÉGEARSS, lui frappant sur l'épaule.

Il n'est pas essentiel qu'un sage entende tout , quand il sait si bien deviner.

FIGARO.

Chacun se sert des petits talens que le ciel lui a départis.

BÉGEARSS.

Et *l'intrigant* compte-t-il gagner beaucoup avec œux qu'il nous montre ici ?

FIGARO.

Ne mettant rien à la partie , j'ai tout gagné... si je perds l'*autre*.

BÉGEARSS , piqué.

On verra le jeu de monsieur.

FIGARO.

Ce n'est pas de ces coups brillans qui éblouissent sa galerie. (Il prend un air niais.) Mais *chacun pour soi ; Dieu pour tous*, comme a dit le roi Salomon.

BÉGEARSS , soupirant.

Belle sentence ! N'a-t-il pas dit aussi : « Le soleil luit pour tout le monde ? »

FIGARO , fièrement.

Oui, en dardant sur le serpent prêt à mordre la main de son imprudent bienfaiteur ! (Il sort.)

SCÈNE III.

BÉGEARSS , le regardant aller.

Il ne farde plus ses desseins. Notre homme est fier ! bon signe ; il ne sait rien des miens ; il aurait la mine bien longue s'il était instruit qu'à minuit...

(Il cherche dans ses poches vivement.) Eh bien ! qu'ai-
fait du papier ? Le voici. (Il lit.) « Reçu de monsie
Fal, notaire, les trois millions d'or spécifiés dans
bordereau ci-dessus. A Paris, le... ALMAVIVA. »
C'est bon ; je tiens la pupille et l'argent. Mais ce n'e
point assez ; cet homme est faible, il ne finira rie
pour le reste de sa fortune. La comtesse lui impose
il la craint, l'aime encore... Elle n'ira point au co
vent, si je ne les mets aux prises, et ne le force
s'expliquer... brutalement. (Il se promène.)—Diable
ne risquons pas ce soir un dénoûment aussi scabreu
En précipitant trop les choses, on se précipite av
elles. Il sera temps demain, quand j'aurai bien ser
le doux lien sacramentel qui va les enchaîner à mo
(Il appuie ses deux mains sur sa poitrine.) Eh bien, ma
dite joie, qui me gonfles le cœur, ne peux-tu dor
te contenir ?... Elle m'étouffera, la fougueuse, o
me livrera comme un sot, si je ne la laisse un pe
s'évaporer pendant que je suis seul ici. Sainte
douce crédulité ! l'époux te doit la magnifique do
Pâle déesse de la nuit ! il te devra bientôt sa froid
épouse. (Il frotte ses mains de joie.) Bégearss ! heureu
Bégearss... Pourquoi l'appelez-vous Bégearss? n'est
donc pas plus d'à moitié le seigneur comte Almaviva
(D'un ton terrible.) Encore un pas, Bégearss, et tu l'
tout-à-fait !—Mais il te faut auparavant... Ce Figa
pèse sur ma poitrine ; car c'est lui qui l'a fait venir.
Le moindre trouble me perdait... Ce valet-là me po
tera malheur... c'est le plus clairvoyant coquin.
Allons, allons, qu'il parte avec son chevalier errant

SCENE IV.

BÉGEARSS, SUZANNE.

SUZANNE, accourant, fait un cri d'étonnement, de voir un
autre que Figaro.

Ah! (A part.) Ce n'est pas lui!

BÉGEARSS.

Quelle surprise! et qu'attendais-tu donc?

SUZANNE, se remettant.

Personne. On se croit seule ici...

BÉGEARSS.

Puisque je t'y rencontre, un mot avant le comité.

SUZANNE.

Que parlez-vous de comité? Réellement depuis
fleux ans on n'entend plus du tout la langue de ce
oays.

BÉGEARSS, riant sardoniquement.

Hé, hé... (Il pétrit dans sa boîte une prise de tabac.) Ce
comité, ma chère, est une conférence entre la comtesse, notre jeune pupille et moi, sur le grand objet que tu sais.

SUZANNE.

Après la scène que j'ai vue, osez-vous encore l'espérer?

BÉGEARSS, bien fat.

Oser l'espérer... Non. Mais seulement... je l'é-
pouse ce soir.

SUZANNE, vivement.

Malgré son amour pour Léon!

BÉGEARSS.

Bonne femme ! qui me disais : « Si vous faites cela monsieur... »

SUZANNE.

Eh ! qui eût pu l'imaginer ?

BÉGEARSS , prenant son tabac en plusieurs fois.

Enfin , que dit-on ? parle-t-on ? Toi qui vis dan l'intérieur , qui as l'honneur des confidences ; pense-t-on du bien de moi ? car c'est le point impor tant.

SUZANNE.

L'important serait de savoir quel talisman vous em ployez pour dominer tous les esprits ? Monsieur n parle de vous qu'avec enthousiasme ! ma maîtress vous porte aux nues ! son fils n'a d'espoir qu'en vou seul ! notre pupille vous révère !...

BÉGEARSS , d'un ton bien fat, secouant le tabac de son jabo

Et toi, Suzanne, qu'en dis-tu ?

SUZANNE.

Ma foi, monsieur, je vous admire. Au milieu du désordre affreux que vous entretenez ici, vous seu êtes calme et tranquille; il me semble entendre u génie qui fait tout mouvoir à son gré.

BÉGEARSS , bien fat.

Mon enfant, rien n'est plus aisé. D'abord il n'es que deux pivots sur quoi tout roule dans le monde la morale et la politique. La morale, tant soit pe mesquine, consiste à être juste et vrai : elle est dit-on, la clef de quelques vertus routinières.

SUZANNE.

Quant à la politique... ?

BÉGEARSS, avec chaleur.

Ah! c'est l'art de créer des faits, de dominer, en se jouant, les événemens et les hommes; l'intérêt est son but, l'intrigue son moyen; toujours sobre de vérités, ses vastes et riches conceptions sont un prisme qui éblouit. Aussi profonde que l'Etna, elle brûle et gronde long-temps avant d'éclater au dehors; mais alors rien ne lui résiste : elle exige de hauts talens; le scrupule seul peut lui nuire. (En riant.) C'est le secret des négociateurs.

SUZANNE.

Si la morale ne vous échauffe pas, l'autre, en revanche, excite en vous un assez vif enthousiasme.

BÉGEARSS, averti, revient à lui.

Eh... ce n'est pas elle; c'est toi.—Ta comparaison d'un génie... — Le chevalier vient; laisse-nous...

SCÈNE V.

LÉON, BÉGEARSS.

LÉON.

Monsieur Bégearss, je suis au désespoir.

BÉGEARSS, d'un ton protecteur.

Qu'est-il arrivé, jeune ami?

LÉON.

Mon père vient de me signifier, avec une dureté...! que j'eusse à faire, sous deux jours, tous les apprêts de mon départ pour Malte. Point d'autre train, dit-il, que Figaro, qui m'accompagne, et un valet qui courra devant nous.

BÉGEARSS.

Cette conduite est en effet bizarre pour qui
sait pas son secret ; mais nous qui l'avons pénétré
notre devoir est de le plaindre. Ce voyage est
fruit d'une frayeur bien excusable. Malte et vos vœu
ne sont que le prétexte : un amour qu'il redoute e
son véritable motif.

LÉON , avec douleur.

Mais , mon ami , puisque vous l'épousez ?

BÉGEARSS , confidentiellement.

Si son frère le croit utile à suspendre un fâcheu
départ... je ne verrais qu'un seul moyen...

LÉON.

O mon ami ! dites-le-moi.

BÉGEARSS.

Ce serait que madame votre mère vainquît cet
timidité qui l'empêche , avec lui , d'avoir une op
nion à elle ; car sa douceur vous nuit bien plus qu
ne ferait un caractère trop ferme.—Supposons qu'o
lui ait donné quelque prévention injuste : qui a l
droit, comme une mère, de rappeler un père à l
raison ? Engagez-la à le tenter,... non pas aujour
d'hui, mais... demain, et sans y mettre de faiblesse

LÉON.

Mon ami, vous avez raison : cette crainte est so
vrai motif. Sans doute il n'y a que ma mère qu
puisse le faire changer. La voici qui vient avec celle.
que je n'ose plus adorer. (Avec douleur.) O mon ami
rendez-la bien heureuse !

BÉGEARSS , caressant.

En lui parlant tous les jours de son frère.

SCÈNE VI.

LA COMTESSE, FLORESTINE, BÉGEARSS, SUZANNE, LÉON.

LA COMTESSE, coiffée, parée, portant une robe rouge et noire, et son bouquet de même couleur.

Suzanne, donne mes diamans. (Suzanne va les chercher.)

BÉGEARSS, affectant de la dignité.

Madame, et vous, mademoiselle, je vous laisse avec cet ami ; je confirme d'avance tout ce qu'il va vous dire. Hélas ! ne pensez point au bonheur que j'aurais de vous appartenir à tous ; votre repos doit seul vous occuper. Je n'y veux concourir que sous la forme que vous adopterez : mais, soit que mademoiselle accepte ou non mes offres, recevez ma déclaration, que toute la fortune dont je viens d'hériter lui est destinée de ma part, dans un contrat, ou par un testament ; je vais en faire dresser les actes : mademoiselle choisira. Après ce que je viens de dire, il ne conviendrait pas que ma présence ici gênât un parti qu'elle doit prendre en toute liberté ; mais, quel qu'il soit, ô mes amis ! sachez qu'il est sacré pour moi : je l'adopte sans restriction. (Il salue profondément, et sort.)

SCÈNE VII.

LA COMTESSE, LÉON, FLORESTINE.

LA COMTESSE le regarde aller.

C'est un ange envoyé du ciel pour réparer tou
nos malheurs.

LÉON, avec une douleur ardente.

O Florestine ! il faut céder ; ne pouvant être l'u
à l'autre, nos premiers élans de douleur nous avaie
fait jurer de n'être jamais à personne ; j'accomplira
ce serment pour nous deux. Ce n'est pas tout-à-fai
vous perdre, puisque je retrouve une sœur où j'es
pérais posséder une épouse. Nous pourrons encor
nous aimer.

SCÈNE VIII.

LA COMTESSE, LÉON, FLORESTINE, SUZANNE

(Suzanne apporte l'écrin.)

LA COMTESSE, en parlant, met ses boucles d'oreilles, se
bagues, son bracelet, sans rien regarder.

Florestine ! épouse Bégearss ; ses procédés l'e
rendent digne ; et puisque cet hymen fait le bon
heur de ton parrain, il faut l'achever aujourd'hui
(Suzanne sort et emporte l'écrin.)

SCÈNE IX.

LA COMTESSE, LÉON, FLORESTINE.

LA COMTESSE, à Léon.

Nous, mon fils, ne sachons jamais ce que nous devons ignorer. Tu pleures, Florestine !

FLORESTINE, pleurant.

Ayez pitié de moi, madame ! Eh ! comment soutenir autant d'assauts en un seul jour ? A peine j'apprends qui je suis, qu'il faut renoncer à moi même, et me livrer... Je meurs de douleur et d'effroi. Démuée d'objections contre monsieur Bégearss, je sens mon cœur à l'agonie en pensant qu'il peut devenir... Cependant il le faut ; il faut me sacrifier au bien de ce frère chéri, à son bonheur, que je ne puis plus faire. Vous dites que je pleure ! Ah ! je fais plus pour lui que si je lui donnais ma vie. Maman, ayez pitié de nous ! bénissez vos enfans ! ils sont bien malheureux ! (Elle se jette à genoux ; Léon en fait autant.)

LA COMTESSE, leur imposant les mains.

Je vous bénis, mes chers enfans. Ma Florestine, je t'adopte. Si tu savais à quel point tu m'es chère ! Tu seras heureuse, ma fille, et du bonheur de la vertu ; celui-là peut dédommager des autres. (Ils se relèvent.)

FLORESTINE.

Mais croyez-vous, madame, que mon dévoûment le ramène à Léon, à son fils ? car il ne faut pas se flatter : son injuste prévention va quelquefois jusqu'à la haine.

LA COMTESSE.

Chère fille, j'en ai l'espoir.

LÉON.

C'est l'avis de monsieur Bégearss ; il me l'a dit ; mais il m'a dit aussi qu'il n'y a que maman qui puisse opérer ce miracle. Aurez-vous donc la force de lui parler en ma faveur ?

LA COMTESSE.

Je l'ai tenté souvent, mon fils, mais sans aucun fruit apparent.

LÉON.

O ma digne mère ! c'est votre douceur qui m'a nui. La crainte de le contrarier vous a trop empêchée d'user de la juste influence que vous donnent votre vertu et le respect profond dont vous êtes entourée. Si vous lui parliez avec force, il ne vous résisterait pas.

LA COMTESSE.

Vous le croyez, mon fils ? je vais l'essayer devant vous. Vos reproches m'affligent presque autant que son injustice. Mais, pour que vous ne gêniez pas le bien que je dirai de vous, mettez-vous dans mon cabinet ; vous m'entendrez, de là, plaider une cause si juste ; vous n'accuserez plus une mère de manquer d'énergie quand il faut défendre son fils ! (Elle sonne.) Florestine, la décence ne te permet pas de rester ; va t'enfermer ; demande au ciel qu'il m'accorde quelque succès, et rende enfin la paix à ma famille désolée. (Florestine sort.)

SCÈNE X.

LA COMTESSE, LÉON, SUZANNE.

SUZANNE.

Que veut madame ? elle a sonné.

LA COMTESSE.

Prie Monsieur, de ma part, de passer un moment
ici.

SUZANNE, effrayée.

Madame, vous me faites trembler ! Ciel ! que va-
t-il donc se passer ici ? Quoi ! Monsieur qui ne vient
jamais... sans...

LA COMTESSE.

Fais ce que je te dis, Suzanne, et ne prends nul
souci du reste. (Suzanne sort en levant les bras au ciel, de
terreur.)

SCÈNE XI.

LA COMTESSE, LÉON.

LA COMTESSE.

Vous allez voir, mon fils, si votre mère est faible
en défendant vos intérêts. Mais laissez-moi me recueillir, me préparer, par la prière, à cet important plaidoyer. (Léon entre au cabinet de sa mère.)

9.

SCÈNE XII.

LA COMTESSE, un genou sur son fauteuil.

Ce moment me semble terrible, comme le jugement dernier! Mon sang est prêt à s'arrêter... O
mon Dieu! donnez-moi la force de frapper au cœur
d'un époux! (Plus bas.) Vous seul connaissez les motifs qui m'ont toujours fermé la bouche! Ah! s'il ne
s'agissait que du bonheur de mon fils, vous savez,
ô mon Dieu! si j'oserais dire un seul mot pour moi!
Mais enfin, s'il est vrai qu'une faute pleurée vingt
ans ait obtenu de vous un généreux pardon, comme
un sage ami m'en assure, ô mon Dieu! donnez-moi
la force de frapper au cœur d'un époux!

SCÈNE XIII.

LA COMTESSE, LE COMTE; LÉON, caché.

LE COMTE, sèchement.
Madame, on dit que vous me demandez?
LA COMTESSE, timidement.
J'ai cru, monsieur, que nous serions plus libres
dans ce cabinet que chez vous.
LE COMTE.
M'y voilà, madame, parlez.
LA COMTESSE, tremblante.
Asseyons-nous, monsieur, je vous conjure, et prê-
tez-moi votre attention.

LE COMTE, impatient.

Non, j'entendrai debout : vous savez qu'en parlant je ne saurais tenir en place.

LA COMTESSE s'asseyant, avec un soupir, et parlant bas.

Il s'agit de mon fils... monsieur.

LE COMTE, brusquement.

De votre fils, madame !

LA COMTESSE.

Et quel autre intérêt pourrait vaincre ma répugnance à engager un entretien que vous ne recherchez jamais ? Mais je viens de le voir dans un état à faire compassion ; l'esprit troublé, le cœur serré de l'ordre que vous lui donnez de partir sur-le-champ ; surtout du ton de dureté qui accompagne cet exil. Hé, comment a-t-il encouru la disgrâce d'un p... d'un homme si juste ? Depuis qu'un exécrable duel nous a ravi notre autre fils...

LE COMTE, les mains sur le visage, avec un air de douleur.

Ah...!

LA COMTESSE.

Celui-ci, qui jamais ne dut connaître le chagrin, a redoublé de soins et d'attentions pour adoucir l'amertume des nôtres.

LE COMTE, se promenant doucement.

Ah...!

LA COMTESSE.

Le caractère emporté de son frère, son désordre, ses goûts et sa conduite déréglée nous en donnaient souvent de bien cruels. Le ciel sévère, mais sage en ses décrets, en nous privant de cet enfant, nous en a peut-être épargné de plus cuisans pour l'avenir.

LE COMTE, avec douleur.

Ah...! Ah...!

LA COMTESSE.

Mais enfin, celui qui nous reste a-t-il jamais manqué à ses devoirs? Jamais le plus léger reproche fut-il mérité de sa part? Exemple des hommes de son âge, il a l'estime universelle : il est aimé, cherché, consulté. Son p... protecteur naturel, mon époux seul, paraît avoir les yeux fermés sur un mérite transcendant, dont l'éclat frappe tout le monde. (Le comte se promène plus vite sans parler. La comtesse, prenant courage de son silence, continue d'un ton plus ferme, et l'élève par degrés.) En tout autre sujet, monsieur, je tiendrais à fort grand honneur de vous soumettre mon avis, de modeler mes sentimens, ma faible opinion sur la vôtre; mais il s'agit... d'un fils... (Le comte s'agite en marchant.) Quand il avait un frère aîné, l'orgueil d'un très-grand nom le condamnant au célibat, l'ordre de Malte était son sort. Le préjugé semblait alors couvrir l'injustice de ce partage entre deux fils (timidement) égaux en droits.

LE COMTE s'agite plus fort. (A part, d'un ton étouffé.)

Égaux en droits...!

LA COMTESSE, un peu plus fort.

Mais depuis deux années qu'un accident affreux... les lui a tous transmis, n'est-il pas étonnant que vous n'ayez rien entrepris pour le relever de ses vœux? Il est de notoriété que vous n'avez quitté l'Espagne que pour dénaturer vos biens, par la vente, ou par des échanges. Si c'est pour l'en priver, monsieur, la haine ne va pas plus loin! Puis, vous le chassez de chez vous, et semblez lui fermer la maison p... par vous habitée! Permettez-moi de vous le dire : un traitement aussi étrange est sans excuse aux yeux de la raison. Qu'a-t-il fait pour le mériter?

LE COMTE s'arrête, d'un ton terrible.

Ce qu'il a fait!

LA COMTESSE, effrayée.

Je voudrais bien, monsieur, ne pas vous offenser.

LE COMTE, plus fort.

Ce qu'il a fait, madame! et c'est vous qui le demandez?

LA COMTESSE, en désordre.

Monsieur, monsieur! vous m'effrayez beaucoup!

LE COMTE, avec fureur.

Puisque vous avez provoqué l'explosion du ressentiment qu'un respect humain enchaînait, vous entendrez son arrêt et le vôtre.

LA COMTESSE, plus troublée.

Ah, monsieur! ah, monsieur...!

LE COMTE.

Vous demandez ce qu'il a fait?

LA COMTESSE, levant les bras.

Non, monsieur, ne me dites rien!

LE COMTE, hors de lui.

Rappelez-vous, femme perfide, ce que vous avez fait vous-même! et comment, recevant un adultère dans vos bras, vous avez mis dans ma maison cet enfant étranger, que vous osez nommer mon fils!

LA COMTESSE, au désespoir, veut se lever.

Laissez-moi m'enfuir, je vous prie.

LE COMTE, la clouant sur son fauteuil.

Non, vous ne fuirez pas; vous n'échapperez point à la conviction qui vous presse. (Lui montrant sa lettre.)

Connaissez-vous cette écriture? Elle est tracée de votre main coupable ! et ces caractères sanglans qui lui servirent de réponse...

LA COMTESSE, anéantie.

Je vais mourir ! je vais mourir !

LE COMTE, avec force.

Non, non ; vous entendrez les traits que j'en ai soulignés ! (Il lit avec égarement.) « Malheureux insensé ! notre sort est rempli ; votre crime, le mien, reçoit sa punition. Aujourd'hui, jour de Saint-Léon, patron de ce lieu, et le vôtre, je viens de mettre au monde un fils, mon opprobre et mon désespoir... » (Il parle.) Et cet enfant est né le jour de Saint-Léon, plus de dix mois après mon départ pour la Vera Crux ! (Pendant qu'il lit très-fort, on entend la comtesse, égarée, dire des mots coupés qui partent du délire.)

LA COMTESSE, priant, les mains jointes.

Grand Dieu, tu ne permets donc pas que le crime le plus caché demeure toujours impuni !

LE COMTE.

... Et de la main du corrupteur ! (Il lit.) « L'ami qui vous rendra ceci, quand je ne serai plus, est sûr. »

LA COMTESSE, priant.

Frappe, mon Dieu ! car je l'ai mérité !

LE COMTE lit.

« Si la mort d'un infortuné vous inspirait un reste de pitié ; parmi les noms qu'on va donner à ce fils, héritier d'un autre... »

LA COMTESSE, priant.

Accepte l'horreur que j'éprouve, en expiation de ma faute !

LE COMTE lit.

« Puis-je espérer que le nom de Léon…?» (Il parle.)
Et ce fils s'appelle Léon !

LA COMTESSE, égarée, les yeux fermés.

Oh, Dieu ! mon crime fut bien grand, s'il égala
ma punition ! Que ta volonté s'accomplisse !

LE COMTE, plus fort.

Et, couverte de cet opprobre, vous osez me demander compte de mon éloignement pour lui?

LA COMTESSE, priant toujours.

Qui suis-je, pour m'y opposer, lorsque ton bras
s'appesantit?

LE COMTE.

Et lorsque vous plaidez pour l'enfant de ce malheureux, vous avez au bras mon portrait !

LA COMTESSE en le détachant le regarde.

Monsieur, monsieur, je le rendrai ; je sais que je
n'en suis pas digne. (Dans le plus grand égarement.) Ciel !
que m'arrive-t-il? Ah ! je perds la raison ! Ma con-
science troublée fait naître des fantômes !—Répro-
bation anticipée…! Je vois ce qui n'existe pas… Ce
n'est plus vous ; c'est lui qui me fait signe de le suivre, d'aller le rejoindre au tombeau !

LE COMTE, effrayé.

Comment? Eh bien ! Non, ce n'est pas…

LA COMTESSE, en délire.

Ombre terrible ! éloigne-toi !

LE COMTE crie avec douleur.

Ce n'est pas ce que vous croyez !

LA COMTESSE jette le bracelet par terre.

Attends… Oui, je t'obéirai…

LE COMTE, plus troublé.

Madame, écoutez-moi...

LA COMTESSE.

J'irai... je t'obéis... je meurs... (Elle reste évanouie.)

LE COMTE, effrayé, ramasse le bracelet.

J'ai passé la mesure... Elle se trouve mal... Ah ! Dieu! courons lui chercher du secours. (Il sort, il s'enfuit. Les convulsions de la douleur font glisser la comtesse à terre.)

SCÈNE XIV.

LA COMTESSE, évanouie ; LÉON, accourant.

LÉON, avec force.

O ma mère...! ma mère ! c'est moi qui te donne la mort ! (Il l'enlève et la remet sur son fauteuil, évanouie.) Que ne suis-je parti sans rien exiger de personne ! j'aurais prévenu ces horreurs !

SCÈNE XV.

LE COMTE ; LA COMTESSE, évanouie; LÉON, SUZANNE.

LE COMTE, en rentrant s'écrie.

Et son fils !

LÉON, égaré.

Elle est morte ! Ah ! je ne lui survivrai pas ! (Il l'embrasse en criant.)

LE COMTE, effrayé.

Des sels! des sels! Suzanne ! un million si vous la sauvez !

LÉON.

O malheureuse mère !

SUZANNE.

Madame, aspirez ce flacon. Soutenez-la, monsieur, je vais tâcher de la desserrer.

LE COMTE, égaré.

Romps tout, arrache tout ! Ah ! j'aurais dû la
ménager !

LÉON, criant avec délire.

Elle est morte ! elle est morte !

SCÈNE XVI.

LE COMTE; LA COMTESSE, évanouie; LÉON,
SUZANNE; FIGARO, accourant.

FIGARO.

Et qui, morte ? Madame ? Apaisez donc ces cris !
c'est vous qui la ferez mourir. (Il lui prend le bras.)
Non, elle ne l'est pas ; ce n'est qu'une suffocation ;
le sang lui monte avec violence. Sans perdre de
temps, il faut la soulager. Je vais chercher ce qu'il
lui faut.

LE COMTE, hors de lui.

Des ailes, Figaro ! ma fortune est à toi.

FIGARO, vivement.

J'ai bien besoin de vos promesses lorsque Madame
est en péril ! (Il sort en courant.)

SCÈNE XVII.

LE COMTE; LA COMTESSE, évanouie; LÉON,
SUZANNE.

LÉON, lui tenant le flacon sous le nez.

Si l'on pouvait la faire respirer ! O Dieu ! rends-
moi ma malheureuse mère…! La voici qui revient…

SUZANNE, pleurant.

Madame ! allons ! madame…

LA COMTESSE, revenant à elle.

Ah ! qu'on a de peine à mourir !

LÉON, égaré.

Non, maman, vous ne mourrez pas !

LA COMTESSE, égarée.

O ciel ! entre mes juges ! entre mon époux et mon
fils ! tout est connu… et criminelle envers tous deux…
(Elle se jette à terre et se prosterne.) Vengez-vous l'un et
l'autre ! il n'est plus de pardon pour moi ! (Avec horreur.) Mère coupable ! épouse indigne ! un instant
nous a tous perdus. J'ai mis l'horreur dans ma famille ! J'allumai la guerre intestine entre le père et
les enfans ! Ciel juste ! il fallait bien que ce crime
fût découvert ! Puisse ma mort expier mon forfait !

LE COMTE; au désespoir.

Non, revenez à vous ! votre douleur a déchiré mon
âme ! Asseyons-la. Léon…! mon fils ! (Léon fait un
grand mouvement.) Suzanne, asseyons-la. (Ils la remettent
sur le fauteuil.)

SCENE XVIII.

LES PRÉCÉDENS, FIGARO.

FIGARO, accourant.

Elle a repris sa connaissance ?

SUZANNE.

Ah, Dieu ! j'étouffe aussi. (Elle se desserre.)

LE COMTE crie.

Figaro ! vos secours !

FIGARO, étouffé.

Un moment ; calmez-vous. Son état n'est plus si pressant. Moi, qui étais dehors, grand Dieu ! je suis rentré bien à propos... ! Elle m'avait fort effrayé ! Allons, madame, du courage !

LA COMTESSE, priant, renversée.

Dieu de bonté, fais que je meure !

LÉON, en l'asseyant mieux.

Non, maman, vous ne mourrez point, et nous réparerons nos torts. Monsieur ! vous que je n'outragerai plus en vous donnant un autre nom, reprenez vos titres, vos biens, je n'y avais nul droit : hélas ! je l'ignorais. Mais, par pitié, n'écrasez point d'un déshonneur public cette infortunée qui fut votre... Une erreur expiée par vingt années de larmes est-elle encore un crime, alors qu'on fait justice ? Ma mère et moi, nous nous bannissons de chez vous.

LE COMTE, exalté.

Jamais ! vous n'en sortirez point.

LÉON.

Un couvent sera sa retraite ; et moi, sous mon nom

de Léon, sous le simple habit d'un soldat, je défendrai la liberté de notre nouvelle patrie. Inconnu, je mourrai pour elle, ou je la servirai en zélé citoyen.

(Suzanne pleure dans un coin; Figaro est absorbé dans l'autre.)

LA COMTESSE, péniblement.

Léon! mon cher enfant! ton courage me rend la vie! Je puis encore la supporter, puisque mon fils a la vertu de ne pas détester sa mère. Cette fierté dans le malheur sera ton noble patrimoine. Il m'épousa sans biens; n'exigeons rien de lui. Le travail de mes mains soutiendra ma faible existence; et toi, tu serviras l'état.

LE COMTE, avec désespoir.

Non, Rosine! jamais. C'est moi qui suis le vrai coupable! de combien de vertus je privais ma triste vieillesse!...

LA COMTESSE.

Vous en serez enveloppé.—Florestine et Bégearss vous restent. Floresta, votre fille, l'enfant chéri de votre cœur...

LE COMTE, étonné.

Comment...? d'où savez-vous...? qui vous l'a dit...?

LA COMTESSE.

Monsieur, donnez-lui tous vos biens, mon fils et moi n'y mettrons point d'obstacle; son bonheur nous consolera. Mais, avant de nous séparer, que j'obtienne au moins une grâce! Apprenez-moi comment vous êtes possesseur d'une terrible lettre que je croyais brûlée avec les autres? Quelqu'un m'a-t-il trahie?

FIGARO, s'écriant.

Oui! l'infâme Bégearss; je l'ai surpris tantôt qui la remettait à Monsieur.

LE COMTE , parlant vite.

Non, je la dois au seul hasard. Ce matin, lui et moi, pour un tout autre objet, nous examinions votre écrin, sans nous douter qu'il eût un double fond. Dans le débat et sous ses doigts, le secret s'est ouvert soudain, à son très-grand étonnement. Il a cru le coffre brisé !

FIGARO , criant plus fort.

Son étonnement d'un secret ? Le monstre ! C'est lui qui l'a fait faire !

LE COMTE.

Est-il possible ?

LA COMTESSE.

Il est trop vrai !

LE COMTE.

Des papiers frappent nos regards : il en ignorait l'existence, et, quand j'ai voulu les lui lire, il a refusé de les voir.

SUZANNE , s'écriant.

Il les a lus cent fois avec Madame !

LE COMTE.

Est-il vrai ? Les connaissait-il ?

LA COMTESSE.

Ce fut lui qui me les remit, qui les apporta de l'armée, lorsqu'un infortuné mourut...

LE COMTE.

Cet ami sûr, instruit de tout...?

LA COMTESSE, FIGARO, SUZANNE, ensemble, criant.

C'est lui !

LE COMTE.

O scélératesse infernale ! Avec quel art il m'avait engagé ! A présent je sais tout.

10.

FIGARO.

Vous le croyez !

LE COMTE.

Je connais son affreux projet. Mais, pour én être plus certain, déchirons le voile en entier. Par qui savez-vous donc ce qui touche ma Florestine ?

LA COMTESSE , vite.

Lui seul m'en a fait confidence.

LÉON , vite.

Il me l'a dit sous le secret.

SUZANNE , vite.

Il me l'a dit aussi.

LE COMTE , avec horreur.

O monstre ! Et moi j'allais la lui donner ! mettre ma fortune entre ses mains !

FIGARO , vivement.

Plus d'un tiers y serait déjà si je n'avais porté, sans vous le dire, vos trois millions d'or en dépôt chez M. Fal : vous alliez l'en rendre le maître, heureusement je m'en suis douté. Je vous ai donné son reçu...

LE COMTE , vivement.

Le scélérat vient de me l'enlever, pour en aller toucher la somme.

FIGARO , désolé.

O proscription sur moi ! Si l'argent est remis, tout ce que j'ai fait est perdu ! Je cours chez M. Fal. Dieu veuille qu'il ne soit pas trop tard !

LE COMTE , à Figaro.

Le traître n'y peut être encore.

FIGARO.

S'il a perdu un temps, nous le tenons. J'y cours.
(Il veut sortir.)

LE COMTE, vivement l'arrête.

Mais Figaro ! que le fatal secret dont ce moment vient de t'instruire reste enseveli dans ton sein !

FIGARO, avec une grande sensibilité.

Mon maître ! il y a vingt ans qu'il est dans ce dessein-là, et dix que je travaille à empêcher qu'un monstre n'en abuse ! Attendez surtout mon retour, avant de prendre aucun parti.

LE COMTE, vivement.

Penserait-il se disculper ?

FIGARO.

Il fera tout pour le tenter (Il tire une lettre de sa poche); mais voici le préservatif. Lisez le contenu de cette épouvantable lettre ; le secret de l'enfer est là. Vous me saurez bon gré d'avoir tout fait pour me la procurer. (Il lui remet la lettre de Bégearss.) Suzanne ! des gouttes à ta maîtresse ! Tu sais comment je les prépare ! (Il lui donne un flacon.) Passez-la sur sa chaise longue ; et le plus grand calme autour d'elle. Monsieur, au moins ne recommencez pas ; elle s'éteindrait dans nos mains !

LE COMTE, exalté.

Recommencer ! Je me ferais horreur !

FIGARO, à la comtesse.

Vous l'entendez, madame ? le voilà dans son caractère ! et c'est mon maître que j'entends. Ah ! je l'ai toujours dit de lui : la colère, chez les bons cœurs, n'est qu'un besoin pressant de pardonner! (Il sort précipitamment. Le comte et Léon la prennent sous les bras ; ils sortent tous.)

FIN DU QUATRIÈME ACTE.

ACTE CINQUIÈME.

Le théâtre représente le salon du premier acte.

SCÈNE PREMIÈRE.

LE COMTE,| LA COMTESSE, LÉON, SUZANNE.
(La comtesse, sans rouge, dans le plus grand désordre de parure.)

LÉON, soutenant sa mère.

Il fait trop chaud, maman, dans l'appartement intérieur. Suzanne, avance une bergère. (On l'assied.)

LE COMTE, attendri, arrangeant les coussins.

Etes-vous bien assise? Eh quoi! pleurer encore!

LA COMTESSE, accablée.

Ah, laissez-moi verser des larmes de soulagement! Ces récits affreux m'ont brisée! Cette infâme lettre surtout...

LE COMTE, délirant.

Marié en Irlande, il épousait ma fille! et tout mon bien placé sur la banque de Londres eût fait vivre un repaire affreux, jusqu'à la mort du dernier de nous tous...! Et qui sait, grand Dieu! quel moyens...?

LA COMTESSE.

Homme infortuné! calmez-vous! Mais il est temps de faire descendre Florestine; elle avait le cœur si serré de ce qui devait lui arriver! Va la chercher, Suzanne, et ne l'instruis de rien.

LE COMTE, avec dignité.

Ce que j'ai dit à Figaro, Suzanne, était pour vous comme pour lui.

SUZANNE.

Monsieur, celle qui vit Madame pleurer, prier pendant vingt ans, a trop gémi de ses douleurs pour rien faire qui les accroisse! (Elle sort.)

SCÈNE II.

LE COMTE, LA COMTESSE, LÉON.

LE COMTE, avec un vif sentiment.

Ah, Rosine! séchez vos pleurs; et maudit soit qui vous affligera!

LA COMTESSE.

Mon fils, embrasse les genoux de ton généreux protecteur; et rends-lui grâce pour ta mère. (Il veut se mettre à genoux.)

LE COMTE le relève.

Oublions le passé, Léon. Gardons-en le silence, et n'émouvons plus votre mère. Figaro demande un grand calme. Ah! respectons surtout la jeunesse de Florestine, en lui cachant soigneusement les causes de cet accident.

SCÈNE III.

LES PRÉCÉDENS, FLORESTINE, SUZANNE.

FLORESTINE, accourant.

Mon Dieu! maman, qu'avez-vous donc?

LA COMTESSE.

Rien que d'agréable à t'apprendre; et ton parrain
va t'en instruire.

LE COMTE.

Hélas, ma Florestine! je frémis du péril où j'allais plonger ta jeunesse. Grâce au ciel, qui dévoile
tout, tu n'épouseras point Bégearss! Non, tu ne seras point la femme du plus épouvantable ingrat...!

FLORESTINE.

Ah, ciel! Léon...!

LÉON.

Ma sœur, il nous a tous joués!

FLORESTINE, au comte.

Sa sœur!

LE COMTE.

Il nous trompait. Il trompait les uns pas les autres; et tu étais le prix de ses horribles perfidies. Je
vais le chasser de chez moi.

LA COMTESSE.

L'instinct de ta frayeur te servait mieux que nos
lumières. Aimable enfant! rends grâce au ciel! qui
te sauve d'un tel danger!

LÉON.

Ma sœur, il nous a tous joués!

FLORESTINE, au comte.

Monsieur, il m'appelle sa sœur!

LA COMTESSE, exaltée.

Oui, Floresta, tu es à nous. C'est là notre secret chéri. Voilà ton père, voilà ton frère ; et moi je suis ta mère pour la vie. Ah ! garde-toi de l'oublier jamais ! (Elle tend la main au comte.) Almaviva! pas vrai qu'elle est *ma fille?*

LE COMTE, exalté.

Et lui *mon fils ;* voilà nos deux enfans. (Tous se serrent dans les bras l'un de l'autre.)

SCÈNE IV.

LES PRÉCÉDENS, FIGARO, M. FAL, notaire.

FIGARO, accourant et jetant son manteau.

Malédiction ! il a le porte-feuille. J'ai vu le traître l'emporter quand je suis entré chez Monsieur.

LE COMTE.

O monsieur Fal, vous vous êtes trop pressé !

M. FAL, vivement.

Non, monsieur, au contraire. Il est resté plus d'une heure avec moi, m'a fait achever le contrat, y insérer la donation qu'il fait. Puis il m'a remis mon reçu, au bas duquel était le vôtre, en me disant que la somme est à lui, qu'elle est un fruit d'hérédité ; qu'il vous l'a remise en confiance...

LE COMTE.

O scélérat ! Il n'oublie rien !

FIGARO.

Que de trembler sur l'avenir !

M. FAL.

Avec ces éclaircissemiens, ai-je pu refuser le porte-feuille qu'il exigeait? Ce sont trois millions au porteur. Si vous rompez le mariage, et qu'il veuille garder l'argent, c'est un mal presque sans remède.

LE COMTE, avec véhémence.

Que tout l'or du monde périsse, et que je sois débarrassé de lui!

FIGARO, jetant son chapeau dans un fauteuil.

Dussé-je être pendu, il n'en gardera pas une obole! (A Suzanne.) Veille au dehors, Suzanne. (Elle sort.)

M. FAL.

Avez-vous un moyen de lui faire avouer devant de bons témoins qu'il tient ce trésor de Monsieur? Sans cela, je défie qu'on puisse le lui arracher.

FIGARO.

S'il apprend par son Allemand ce qui se passe dans l'hôtel, il n'y rentrera plus.

LE COMTE, vivement.

Tant mieux! c'est tout ce que je veux. Ah! qu'il garde le reste.

FIGARO, vivement.

Lui laisser, par dépit, l'héritage de vos enfans? Ce n'est pas vertu, c'est faiblesse.

LÉON, fâché.

Figaro!

FIGARO, plus fort.

Je ne m'en dédis point. (Au comte.) Qu'obtiendra donc de vous l'attachement, si vous payez ainsi la perfidie?

LE COMTE, se fâchant.

Mais l'entreprendre sans succès, c'est lui ménager un triomphe.

SCÈNE V.

LES PRÉCÉDENS, SUZANNE.

SUZANNE à la porte, et criant.

Monsieur Bégearss qui rentre! (Elle sort.)

SCÈNE VI.

LES PRÉCÉDENS, excepté Suzanne.

(Il font tous un grand mouvement.)

LE COMTE, hors de lui.

O traître !

FIGARO, très-vite.

On ne peut plus se concerter ; mais si vous m'é-
coutez et me secondez tous, pour lui donner une
écurité profonde, j'engage ma tête au succès.

M. FAL.

Vous allez lui parler du portefeuille et du con-
rat?

FIGARO, très-vite.

Non pas, il en sait trop pour l'entamer si brusquement : il faut l'amener de plus loin à faire un
aveu volontaire. (Au comte.) Feignez de vouloir me
chasser.

LE COMTE, troublé.

Mais, mais, sur quoi?

SCÈNE VII.

LES PRÉCÉDENS, BÉGEARSS, SUZANNE..

SUZANNE, accourant.

Monsieur Bégeaaaaaaarss! (Elle se range près de la comtesse. Bégearss montre une grande surprise.)

FIGARO s'écrie en le voyant.

Monsieur Bégearss! (Humblement.) Eh bien! ce n'est qu'une humiliation de plus. Puisque vous attachez à l'aveu de mes torts le pardon que je sollicite, j'espère que Monsieur ne sera pas moins généreux.

BÉGEARSS, étonné.

Qu'y a-t-il donc? Je vous trouve assemblés!

LE COMTE, brusquement.

Pour chasser un sujet indigne.

BÉGEARSS, plus surpris encore, voyant le notaire.

Et monsieur Fal?

M. FAL, lui montrant le contrat.

Voyez qu'on ne perd point de temps; tout ici concourt avec vous.

BÉGEARSS, surpris.

Ha, ha...!

LE COMTE, impatient, à Figaro.

Pressez-vous; ceci me fatigue. (Pendant cette scène, Bégearss les examine l'un après l'autre, avec la plus grande attention.)

FIGARO, l'air suppliant, adressant la parole au comte.

Puisque la feinte est inutile, achevons mes tristes aveux. Oui, pour nuire à monsieur Bégearss, je répète avec confusion que je me suis mis à l'épier, le suivre et le troubler partout : (Au comte) car Monsieur n'avait pas sonné lorsque je suis entré chez lui pour savoir ce qu'on faisait du coffre aux brillans de Madame, que j'ai trouvé là tout ouvert.

BÉGEARSS.

Certes, ouvert, à mon grand regret !

LE COMTE fait un mouvement inquiétant, à part.

Quelle audace !

FIGARO, se courbant, le tire par l'habit pour l'avertir.

Ah ! mon maître !

M. FAL, effrayé.

Monsieur !

BÉGEARSS, au comte, à part.

Modérez-vous, ou nous ne saurons rien. (Le comte frappe du pied. Bégearss l'examine.)

FIGARO, soupirant, dit au comte.

C'est ainsi que, sachant Madame enfermée avec lui pour brûler de certains papiers dont je connaissais l'importance, je vous ai fait venir subitement.

BÉGEARSS, au comte.

Vous l'ai-je dit ? (Le comte mord son mouchoir de fureur.)

SUZANNE, bas, à Figaro, par derrière.

Achève, achève !

FIGARO.

Enfin, vous voyant tous d'accord, j'avoue que j'ai fait l'impossible pour provoquer entre Madame et vous la vive explication… qui n'a pas eu la fin que j'espérais…

LE COMTE, à Figaro, avec colère.

Finissez-vous ce plaidoyer?

FIGARO, bien humble.

Hélas ! je n'ai plus rien à dire, puisque c'est cette explication qui a fait chercher monsieur Fal, pour finir ici le contrat. L'heureuse étoile de Monsieur a triomphé de tous mes artifices. Mon maître, en faveur de trente ans...

LE COMTE, avec humeur.

Ce n'est pas à moi de juger. (Il marche vite.)

FIGARO.

Monsieur Bégearss...!

BÉGEARSS, qui a repris sa sécurité, dit ironiquement.

Qui ? moi ! cher ami, je ne comptais guère vous avoir tant d'obligations ! (Élevant son ton.) Voir mon bonheur accéléré par le coupable effort destiné à me le ravir ! (A Léon et Florestine.) O jeunes gens ! quelle leçon ! Marchons avec candeur dans le sentier de la vertu. Voyez que tôt ou tard l'intrigue est la perte de son auteur.

FIGARO, prosterné.

Ah ! oui !

BÉGEARSS, au comte.

Monsieur, pour cette fois encore, et qu'il parte !

LE COMTE, à Bégearss, durement.

C'est là votre arrêt?... J'y souscris.

FIGARO, ardemment.

Monsieur Bégearss ! je vous le dois. Mais je vois M. Fal pressé d'achever un contrat...

LE COMTE, brusquement.

Les articles m'en sont connus.

M. FAL.

Hors celui-ci. Je vais vous lire la donation que Monsieur fait... (Cherchant l'endroit.) M. M. M. Messire James-Honoré Bégearss... Ah ! (Il lit.) « Et pour donner à la demoiselle future épouse une preuve non équivoque de son attachement pour elle, ledit seigneur futur époux lui fait donation entière de tous les grands biens qu'il possède, consistant aujourd'hui (Il appuie en lisant.) (ainsi qu'il le déclare, et les a exhibés à nous, notaire soussigné) en trois millions d'or ici joints, en très-bons effets au porteur. » (Il tend la main en lisant.)

BÉGEARSS.

Les voilà dans ce portefeuille. (Il donne le portefeuille à M. Fal.) Il manque deux milliers de louis, que je viens d'en ôter pour fournir aux apprêts des noces.

FIGARO, montrant le comte, et vivement.

Monsieur a décidé qu'il paierait tout ; j'ai l'ordre.

BÉGEARSS, tirant les effets de sa poche et les remettant au notaire.

En ce cas, enregistrez-les ; que la donation soit entière ! (Figaro, retourné, se tient la bouche pour ne pas rire. M. Fal ouvre le portefeuille, y remet les effets.)

M. FAL, montrant Figaro.

Monsieur va tout additionner, pendant que nous achèverons. (Il donne le portefeuille ouvert à Figaro, qui, voyant les effets, dit :)

FIGARO, l'air exalté.

Et moi, j'éprouve qu'un bon repentir est comme toute bonne action, qu'il porte aussi sa récompense.

BÉGEARSS.

En quoi?

FIGARO.

J'ai le bonheur de m'assurer qu'il est ici plus d'un

11.

généreux homme. Oh! que le ciel comble les vœux
de deux amis aussi parfaits! Nous n'avons nul
besoin d'écrire. (Au comte.) Ce sont vos effets au
porteur : oui, monsieur, je les reconnais. Entre
M. Bégèarss et vous, c'est un combat de générosité;
l'un donne ses biens à l'époux; l'autre les rend à sa
future! (Aux jeunes gens.) Monsieur, Mademoiselle!
Ah! quel bienfaisant protecteur, et que vous allez
le chérir…! Mais que dis-je? l'enthousiasme m'au-
rait-il fait commettre une indiscrétion offensante?
(Tout le monde garde le silence.)

BÉGEARSS, un peu surpris, se remet, prend son parti et dit :

Elle ne peut l'être pour personne, si mon ami ne
la désavoue pas; s'il met mon âme à l'aise, en me
permettant d'avouer que je tiens de lui ces effets.
Celui-là n'a pas un bon cœur que la gratitude fatigue; et cet aveu manquait à ma satisfaction. (Montrant le comte.) Je lui dois bonheur et fortune, et
quand je les partage avec sa digne fille, je ne fais
que lui rendre ce qui lui appartient de droit. Re-
mettez-moi le portefeuille; je ne veux avoir que
l'honneur de le mettre à ses pieds moi-même, en
signant notre heureux contrat. (Il veut le reprendre.)

FIGARO, sautant de joie.

Messieurs, vous l'avez entendu? vous témoigne-
rez, s'il le faut. Mon maître, voilà vos effets; don-
nez-les à leur détenteur, si votre cœur l'en juge
digne. (Il lui remet le portefeuille.)

LE COMTE, se levant, à Bégearss.

Grand Dieu! les lui donner! homme cruel, sortez de ma maison; l'enfer n'est pas aussi profond
que vous! grâce à ce bon vieux serviteur, mon im-

orudence est réparée : sortez à l'instant de chez moi.

BÉGEARSS.

O mon ami ! vous êtes encore trompé ! (Le comte, nors de lui, le bride de sa lettre ouverte.)

LE COMTE.

Et cette lettre, monstre ! m'abuse-t-elle aussi ?

BÉGEARSS la voit : furieux, il arrache au comte la lettre, et se montre tel qu'il est.

Ah…! je suis joué! mais j'en aurai raison !

LÉON.

Laissez en paix une famille que vous avez remplie d'horreur.

BÉGEARSS, furieux.

Jeune insensé ! c'est toi qui vas payer pour tous ; e t'appelle au combat.

LÉON, vite.

J'y cours.

LE COMTE, vite.

Léon !

LA COMTESSE, vite.

Mon fils !

FLORESTINE, vite.

Mon frère !

LE COMTE.

Léon ! Je vous défends… (A Bégearss.) Vous vous êtes rendu indigne de l'honneur que vous deman-dez : ce n'est point par cette voie-là qu'un homme comme vous doit terminer sa vie. (Bégearss fait un geste affreux, sans parler.)

FIGARO, arrêtant Léon, vivement.

Non, jeune homme! vous n'irez point; monsieur votre père a raison, et l'opinion est réformée sur cette horrible frénésie ; on ne combattra plus ici que les ennemis de l'état. Laissez-le en proie à sa fureur ; et s'il ose vous attaquer, défendez-vous comme d'un assassin ; personne ne trouve mauvais qu'on tue une bête enragée ; mais il se gardera de l'oser ; l'homme capable de tant d'horreurs doit être aussi lâche que vil !

BÉGEARSS, hors de lui.

Malheureux !

LE COMTE, frappant du pied.

Nous laissez-vous enfin ? c'est un supplice de vous voir. (La comtesse est effrayée sur un siége ; Florestine et Suzanne la soutiennent ; Léon se réunit à elles.)

BÉGEARSS, les dents serrées.

Oui morbleu ! je vous laisse ; mais j'ai la preuve en main de votre infâme trahison ! vous n'avez demandé l'agrément de Sa Majesté, pour échanger vos biens d'Espagne, que pour être à portée de troubler sans péril l'autre côté des Pyrénées.

LE COMTE.

O monstre ! que dit-il ?

BÉGEARSS.

Ce que je vais dénoncer à Madrid. N'y eût-il que le buste en grand d'un Washington dans votre cabinet, j'y fais confisquer tous vos biens.

FIGARO, criant.

Certainement ; le tiers au dénonciateur.

BÉGEARSS.

Mais pour que vous n'échangiez rien, je cours chez notre ambassadeur arrêter dans ses mains l'agrément de Sa Majesté, que l'on attend par ce courrier.

FIGARO, tirant un paquet de sa poche, s'écrie vivement :

L'agrément du roi? le voici : j'avais prévu le coup ; je viens, de votre part, d'enlever le paquet au secrétariat d'ambassade ; le courrier d'Espagne arrivait. (Le comte avec vivacité prend le paquet.)

BÉGEARSS, furieux, frappe sur son front, fait deux pas pour sortir, et se retourne.

Adieu, famille abandonnée! maison sans mœurs et sans honneur! Vous aurez l'impudeur de conclure un mariage abominable, en unissant le frère avec la sœur : mais l'univers saura votre infamie! (Il sort.)

SCÈNE VIII.

LES PRÉCÉDENS, excepté Bégearss.

FIGARO, follement.

Qu'il fasse des libelles! dernière ressource des lâches! il n'est plus dangereux ; bien démasqué, à bout de voie, et pas vingt-cinq louis dans le monde! Ah monsieur Fal! je me serais poignardé s'il eût gardé les deux mille louis qu'il avait soustraits du paquet! (Il reprend un ton grave.) D'ailleurs, nul ne sait mieux que lui, que, par la nature et la loi, ces jeunes gens ne sont rien, qu'ils sont étrangers l'un à l'autre.

LE COMTE l'embrasse et crie.

O Figaro...! Madame, il a raison.

LÉON, très-vite.

Dieux! maman! quel espoir!

FLORESTINE, au comte.

Eh quoi, monsieur, n'êtes-vous plus...?

LE COMTE, ivre de joie.

Mes enfans, nous y reviendrons, et nous consul-
terons, sous des noms supposés, des gens de loi,
discrets, éclairés, pleins d'honneur. O mes enfans,
il vient un âge où les honnêtes gens se pardonnent
leurs torts, leurs anciennes faiblesses, font succéder
un doux attachement aux passions orageuses qui les
avaient trop désunis. Rosine (c'est le nom que votre époux vous rend), allons nous reposer des fatigues
de la journée. Monsieur Fal, restez avec nous. Venez, mes deux enfans! — Suzanne, embrasse ton
mari, et que nos sujets de querelles soient ensevelis
pour toujours. (A Figaro.) Les deux mille louis qu'il
avait soustraits, je te les donne, en attendant la récompense qui t'est bien due...

FIGARO, vivement.

A moi, monsieur? non, s'il vous plaît; moi, gâter
par un vil salaire le bon service que j'ai fait? ma
récompense est de mourir chez vous. Jeune, si j'ai
failli souvent, que ce jour acquitte ma vie! O ma
vieillesse! pardonne à ma jeunesse, elle s'honorera
de toi. Un jour a changé notre état! plus d'oppres-
seur, d'hypocrite insolent! Chacun a bien fait son
devoir : ne plaignons point quelques momens de
trouble; on gagne assez dans les familles quand on
en expulse un méchant.

FIN DE LA MÈRE COUPABLE.

LETTRES.

A L'AUTEUR

DU MERCURE DE FRANCE [1].

A Paris, le 22 janvier 1754.

Quoique je persévère, monsieur, à garder pour
l'Académie seule les preuves qui, comme je l'espère, me feront adjuger l'invention de l'échappement que le sieur Lepaute me conteste, ne me sera-
t-il pas permis de faire remarquer l'avantage qu'il
me donne sur lui, en avançant des faits contraires à
ce qu'il a précédemment écrit?

En lisant sa lettre insérée dans le second volume
de votre journal de décembre dernier, on y verra
qu'après s'être félicité lui-même de ce qu'il a si bien
établi sa prétendue propriété sur la découverte en
question, il conclut qu'il est le seul inventeur de
l'échappement, indépendamment de ma confidence
du 23 juillet dernier, qui, dit-il, est absolument
fausse, et n'existe que dans mon imagination.

Il est triste pour le sieur Lepaute qu'un fait nié
aussi hardiment puisse être démenti par une lettre
signée de sa main, qu'il a écrite à mon père le
18 septembre dernier, qu'il a répandue dans le public, et dont il a donné copie à messieurs nos com-
missaires.

[1] Cette lettre n'avait point encore été recueillie dans
les *œuvres* de Beaumarchais.   J. R.

« Il est vrai, dit-il dans cette lettre, que vous me fîtes part, du 20 au 30 juillet, d'un nouvel échappement (qui approchait fort du mien); mais je ne fus pas la dupe de votre confidence intéressée. »

Il est donc constaté de sa propre main que je lui ai fait confidence, du 20 au 30 juillet, de ma nouvelle découverte.

Il est encore constaté par une gravure d'échappement que le sieur Lepaute vient de répandre dans le public, qu'il ne s'annonce que pour l'avoir mis à son point de perfection, et qu'il ne s'en dit plus l'inventeur, comme il a fait dans votre journal. Je me charge de démontrer, après le jugement de l'Académie, qu'il est absolument faux que cet échappement soit celui qui était dans la pendule qu'il dit avoir présentée à Sa Majesté le 23 mai 1753, et qu'elle n'en avait point d'autre que mon premier échappement, que je lui avais communiqué en janvier 1753, lorsqu'il m'accompagna à l'Observatoire pour en demander date à l'Académie.

Voilà donc des contradictions qui font voir que le manque de mémoire, peu important lorsqu'on ne veut dire que la vérité, devient très-dangereux quand on a dessein de la voiler.

Je demande encore une fois au public judicieux la grâce de suspendre son jugement jusqu'à ce que l'Académie ait prononcé sur notre différend.

J'ai l'honneur d'être, etc.

CARON, fils.

A L'AUTEUR

DU MERCURE DE FRANCE[1].

Paris, le 16 juin 1755.

Monsieur, je suis un jeune artiste qui n'ai l'honneur d'être connu du public que par l'invention d'un nouvel échappement à repos pour les montres, que l'Académie a honoré de son approbation et dont les journaux ont fait mention l'année passée. Ce succès me fixe à l'état d'horloger, et je borne toute mon ambition à acquérir la science de mon art. Je n'ai jamais porté un œil d'envie sur les productions de mes confrères (cette lettre le prouve); mais j'ai le malheur de souffrir fort impatiemment qu'on veuille m'enlever le peu de terrain que l'étude et le travail m'ont fait défricher. C'est cette chaleur de sang, dont je crains bien que l'âge ne me corrige pas, qui m'a fait défendre avec tant d'ardeur les justes prétentions que j'avais sur l'invention de mon échappement, lorsqu'elle me fut contestée il y a environ dix-huit mois. L'Académie des sciences, non seulement me déclara auteur de cet échappement, mais elle jugea qu'il était dans son état actuel le plus parfait qu'on eût encore adapté aux montres. Cepen-

[1] Cette lettre n'avait point encore été recueillie dans les œuvres de Beaumarchais.　　　　J. R.

dant elle savait, et je voyais bien qu'il était susceptible de quelques perfections; mais la nécessité de
constater promptement mon titre, à laquelle mon
adversaire me força en publiant ses fausses prétentions, m'empêcha de les y ajouter. Alors, devenu
possesseur tranquille de mon échappement, j'ai
donné tous mes soins à le rendre encore supérieur à
lui-même, et c'est l'état où il est maintenant; mais,
en même temps, trop bon citoyen pour en faire un
mystère, je l'ai rendu public autant qu'il m'a été
possible. Les divers écrits que cet échappement a
occasionés, et le jugement que l'Académie en a
porté, attirant sur lui l'attention des horlogers, il
devint l'objet des réflexions et des recherches de
quelques-uns des plus habiles d'entre eux; de sorte
que, pendant que j'y ajoutais les petites perfections
qui lui manquaient, M. de Romilly s'aperçut qu'effectivement il en était susceptible; il y travailla de
son côté, et présenta à l'Académie, en décembre
1754, le changement qu'il y avait fait. Le soir même
de sa présentation, M. Le Roi m'en ayant apporté
la nouvelle, je demandai sur-le-champ à l'Académie
qu'en faveur de ma qualité d'auteur, elle voulût
bien examiner avant tout l'état de perfection auquel
j'avais moi-même porté mon échappement. Cette
perfection était des repos plus près du centre et des
arcs de vibrations plus étendus. Elle y consentit, et
l'examen qu'elle fit des pièces que nous présentâmes
l'un et l'autre lui montra que M. de Romilly avait
atteint le même but que moi en travaillant sur le
même sujet : ainsi l'Académie, toujours équitable
dans ses jugemens, ne voulant pas accorder plus

d'avantage sur cette perfection à ma qualité d'auteur de l'échappement qu'à l'antériorité de présentation de M. de Romilly, qui n'est effectivement que d'un seul jour, a délivré à chacun de nous le certificat suivant [1], que je publie d'autant plus volontiers, que M. de Romilly, qui a jugé mon échappement digne de ses recherches, est un très-galant homme, et que j'estime véritablement. D'ailleurs, je serais fâché que cette petite concurrence entre lui et moi pût être envisagée comme une dispute semblable à la première ; l'émulation qui anime les honnêtes gens mérite un nom plus honorable.

P. S. Je profite de cette occasion pour répondre à quelques objections qu'on a faites sur mon échappement dans divers écrits rendus publics. En se servant de cet échappement, a-t-on dit, on ne peut pas faire des montres plates, ni même de petites montres ; ce qui, supposé vrai, rendrait le meilleur échappement connu très-incommode. Des faits seront toute ma réponse. Plusieurs expériences m'ayant démontré que mon échappement corrigeait par sa nature les inégalités du grand ressort, sans aucun besoin d'un autre régulateur, j'ai supprimé de mes montres toutes les pièces qui exigeaient de

---

[1] Ce certificat, délivré par M. Grandjean de Fouchy, secrétaire perpétuel de l'Académie royale des sciences, constate que « le mérite d'avoir amené cette invention au point de perfection dont elle était susceptible, appartient également au sieur Romilly et au sieur Caron, son auteur ». On a cru inutile de le reproduire en entier.

J. R.

12.

la hauteur au mouvement, comme la fusée, la chaîne, la potence, toute roue à couronne, surtout celles dont l'axe est parallèle aux platines dans les montres ordinaires, et toutes les pièces que ces principales entraînaient à leur suite. Par ce moyen, je fais des montres aussi plates qu'on le juge à propos, et plus plates qu'on en ait encore faites, sans que cette commodité diminue en rien de leur bonté. La première de ces montres simplifiées est entre les mains du roi : Sa majesté la porte depuis un an, et en est très-contente. Si des faits répondent à la première objection, des faits répondent également à la seconde. J'ai eu l'honneur de présenter à madame de Pompadour, ces jours passés, une montre dans une bague, de cette nouvelle construction simplifiée, la plus petite qui ait encore été faite; elle n'a que quatre lignes et demie de diamètre, et une ligne moins un tiers de hauteur entre les platines. Pour rendre cette bague plus commode, j'ai imaginé en place de clef un cercle autour du cadran, portant un petit crochet saillant; en tirant ce crochet avec l'ongle environ les deux tiers du tour du cadran, la bague est remontée, et elle va trente heures. Avant que de la porter à madame de Pompadour, j'ai vu cette bague suivre exactement pendant cinq jours ma pendule à secondes. Ainsi, en se servant de mon échappement et de ma construction, on peut donc faire d'excellentes montres aussi plates et aussi petites qu'on le jugera à propos.

J'ai l'honneur d'être, etc.

CARON fils, horloger du roi.

A L'AUTEUR

DU MERCURE DE FRANCE [1].

Octobre 1769.

Je reçois à l'instant une brochure intitulée : *Lettre d'un jeune homme à l'auteur d'Hamlet*. Après y avoir loué, critiqué, corrigé, refondu à sa manière l'ouvrage de M. Ducis, dont les beautés tragiques méritaient peut-être un examen plus réfléchi et des encouragemens plus sérieux, et après avoir conseillé à cet auteur de ne jamais paraître si le parterre le redemande, le jeune homme ajoute ces mots : « Il est enfin du mauvais ton de se faire voir; c'est ce que m'a dit un auteur qui a aussi donné une pièce traduite ou imitée de l'anglo-français, *Miss Jenny* [2], et qui va nous enrichir d'une nouvelle (*le Négociant*) après la vôtre; et il m'a bien assuré qu'il laisserait protester toutes les lettres de change que le parterre tirerait sur lui. »

Sans entrer dans la question si les auteurs honorés du laurier dramatique doivent y venir offrir glorieusement leur tête, ou s'ils feraient mieux de s'y dérober avec modestie, l'auteur d'*Eugénie* et d'un nouveau drame qu'il va soumettre au juge-

---

[1] Cette lettre n'avait point encore été recueillie dans les *œuvres* de Beaumarchais.　　　　J. R.

[2] Voyez la préface d'*Eugénie*.　　　　J. R.

ment du public, se croit obligé, pour l'honneur de la vérité, de déclarer qu'il ne connaît point le jeune homme auteur de la lettre, ni qu'il ne s'est jamais donné le ridicule de dire les choses qu'on lui attribue.

Assurer, à la veille de produire un ouvrage au théâtre, que, quelque soit l'empressement du public pour nous voir, on s'y refusera constamment, c'est décider d'avance que l'on méritera d'être demandé. L'auteur le plus vain n'oserait pas le penser, et l'homme le plus sot craindrait de le dire. Quant à la comparaison que le jeune homme fait de la curiosité du parterre avec des lettres de change, et celle de la modestie d'un auteur avec un protêt, on se permettra de lui dire que ce style d'huissier est bien loin du ton spirituel et léger du reste de sa lettre, et ne méritait pas d'y trouver sa place. A-t-il cru faire une plaisanterie méchante? J'ai peur qu'elle ne soit que mauvaise.

L'auteur d'*Eugénie* invite le jeune homme à jeter un coup d'œil sur le discours imprimé à la tête de ce drame. Le ton grave et décent avec lequel son auteur y parle du public assemblé sous le nom de parterre, qu'il reconnaît pour juge naturel des ouvrages destinés à son amusement, est fort éloigné de l'inconsidération qu'on lui prête aujourd'hui.

Il est possible qu'un très-jeune homme, comme paraît l'être l'auteur de la lettre, connaisse assez peu les usages reçus pour ignorer que, dans une feuille destinée à l'impression, c'est une incivilité que de citer quelqu'un sans avoir pris son attache. Mais ce qu'on ne doit guère ignorer à aucun âge, c'est que, s'il est permis quelquefois de rappeler ce qu'un auteur a écrit, il ne l'est jamais d'attribuer à quelqu'un ce qu'il n'a point dit. En tout autre temps, le silence eût été ma réponse; mais quelques amis m'ont fait entendre que cette imputation n'était pas sans malignité, et qu'elle avait pour but d'indisposer d'avance le public contre le nouvel essai dramatique que j'ai l'honneur de lui présenter. Je n'en sais rien. J'ai même de la peine à me prêter à cette idée; mais, quoi qu'il en soit, je vous prie de vouloir bien insérer cette lettre et mon désaveu dans votre prochain journal, et de me faire la grâce de me croire, avec toute la reconnaissance possible, etc.

A M*** [1].

Oui, Monsieur, j'ai reçu vos jolis vers écrits par un arbre des Tuileries : cet arbre est en littérature celui du bien et du mal, car il en raisonne à merveille. Excepté le dernier trait qui se rapporte à moi, tout m'a paru d'un jugement exquis; mais comme ce dernier trait est obligeant, je dois au moins vous rendre grâce de la prévention qui l'a dicté.

Je dois aussi satisfaire à la question contenue dans votre lettre, la curiosité, moins qu'un noble intérêt, vous ayant porté à me faire cette question. De trente lettres reçues, la vôtre est aussi presque la seule à laquelle je me croie obligé de répondre. Vous me demandez s'il est vrai que le roi m'ait accordé des secours puissans dans ma détresse actuelle; je n'ai pas plus de raisons de dissimuler les traits de sa justice, que je n'en eus de cacher l'affliction profonde où me plongea sa colère inopinée. Le roi, trompé, m'a puni d'une faute que je n'ai pas commise; mais, si mes ennemis sont parvenus à exciter

---

[1] Un anonyme avait adressé à Beaumarchais une épître en vers, signée *le premier arbre des Tuileries*, et s'informa peu de jours après, par une lettre en prose, si elle était arrivée à sa destination. Beaumarchais fit cette réponse, qui n'avait point encore été recueillie dans ses œuvres.

J. R.

son courroux, ils n'ont pu altérer sa justice, et cette distinction entre l'effet d'un premier mouvement et l'acte réfléchi d'équité dont je vous rends compte, est le plus grand éloge qui soit dû à son généreux caractère.

Oui, monsieur, il est très-vrai que Sa Majesté a daigné signer pour moi depuis ma disgrâce, une ordonnance de comptant de deux millions cent cinquante mille livres, sur de longues avances dont je sollicitais le remboursement auprès du roi, tandis qu'on m'accusait du crime odieux de lui manquer de respect.

Je suis, avec la plus respectueuse reconnaissance, etc.

DANS UN BATEAU SUR LE DANUBE, AUPRÈS DE RATISBONNE,
LE 15 AOUT 1774.

Avant d'entrer en matière avec vous, mon ami,
je dois vous prévenir qu'étant dans un bateau sur
lequel il y six rameurs, en parcourant un fleuve
rapide qui m'entraîne, la secousse de chaque coup
d'aviron imprime à mon corps et surtout à mon
bras, un mouvement composé qui dérange ma
plume, et donnera dans le moment à mon écriture
le caractère tremblant et peu assuré que vous allez
lui trouver; car j'ai fait cesser de ramer pour écrire
cet exorde, afin que sa dissemblance à ce qui va
suivre puisse vous convaincre que le vice de mon
écriture vient d'une cause étrangère, et non d'aucun désordre intérieur causé par mes souffrances.

Ceci posé, tâchez *de me lire*, *et tenez-vous bien.*

Ma situation me rappelle l'état où se trouva dans
les mêmes lieux un philosophe dont vous et moi ad-
mirons le génie. Descartes raconte que, descendant
le Danube dans une barque, et lisant tranquillement
assis sur la pointe, il ouït distinctement les mari-
niers, qui ne supposaient pas qu'il entendît l'allemand, projeter de l'assassiner. Il rassura, dit-il, sa
contenance, examina si ses armes étaient en bon
état, en un mot, fit si bonne mine, que jamais ces
gens, dont il suivait tous les mouvemens, n'osèrent
exécuter leur mauvais dessein.

Moi, qui n'ai pas à un aussi haut degré que lui la perfection de la philosophie, mais qui me pique aussi de méthode et de courage dans mes actions, je me trouve dans un bateau sur le Danube, ne pouvant absolument souffrir le mouvement de ma chaise en poste, parce qu'on a osé exécuter hier sur moi, ce qu'on n'osa le siècle passé entreprendre sur lui.

Hier donc, sur les trois heures après midi, auprès de Neuschtadt, à quelques cinq lieues de Nuremberg, passant en chaise avec un seul postillon et mon domestique anglais dans une forêt de sapins assez claire, je suis descendu pour satisfaire un besoin, et ma chaise a continué de marcher au pas, comme cela était arrivé toutes les fois que j'étais descendu. Après une courte pause, j'allais me remettre en marche pour la rejoindre, lorsqu'un homme à cheval me coupant le chemin, saute à terre et vient au-devant de moi ; il me dit quelques mots allemands, que je n'entends point ; mais comme il avait un long couteau ou poignard à la main, j'ai bien jugé qu'il en voulait à ma bourse ou à mes jours. J'ai fouillé dans mon gousset de devant, ce qui lui a fait croire que je l'avais entendu, et qu'il était déjà maître de mon or : il était seul ; au lieu de ma bourse j'ai tiré mon pistolet que je lui ai présenté sans parler, élevant ma canne de l'autre main pour parer un coup s'il essayait de m'en porter ; puis reculant contre un gros sapin, et le tournant lestement, j'ai mis l'arbre entre lui et moi. Là, ne le craignant plus, j'ai regardé si mon pistolet était amorcé ; cette contenance assurée l'a en effet arrêté tout court. J'avais déjà gagné à reculons un second et un troisième sapin, toujours les tournant à mesure que j'y arrivais, la canne levée d'une main et le pistolet de l'autre, ajusté sur lui. Je faisais une manœuvre assez sûre, ce qui bientôt allait me remettre dans ma route, lorsque la voix d'un homme m'a forcé de tourner la tête : c'était un grand coquin en veste bleue sans manches, portant son habit sur son bras, qui accourait vers moi par derrière. Le danger croissant m'a fait me recueillir rapidement : j'ai pensé que le péril étant plus grand de me laisser prendre par derrière, je devais revenir au-devant de l'arbre et me défaire de l'homme au poignard, pour marcher ensuite à l'autre brigand ; tout cela s'est agité, s'est exécuté comme un éclair. Courant donc au premier voleur jusqu'à la longueur de ma canne, j'ai fait sur lui feu de mon pistolet, qui misérablement n'a point parti ; j'étais perdu : l'homme, sentant son avantage, s'est avancé sur moi ; je parais pourtant de ma canne en reculant à mon arbre et cherchant mon autre pistolet dans mon gousset gauche, lorsque le second voleur m'ayant joint par derrière, malgré que je fusse adossé au sapin, m'a saisi par une épaule et m'a renversé en arrière ; le premier alors m'a frappé de son long couteau, de toute sa force, au milieu de la poitrine. C'était fait de moi ; mais pour vous donner une juste idée de la combinaison d'incidens à qui je dois, mon ami, la joie de pouvoir encore vous écrire, il faut que vous sachiez que je porte sur ma poitrine une boîte d'or ovale, assez grande et très-plate, en forme de lentille, suspendue à mon cou par une chaînette d'or ; boîte que j'ai fait faire à Londres, et renfermant un pa-

pier si précieux pour moi, que sans lui je ne voya-
gerais pas. En passant à Francfort, j'avais fait ajus-
ter à cette boîte un sachet de soie, parce que, quand
j'avais fort chaud, si le métal touchait subitement
la peau, cela me saisissait un peu.

Or, par un hasard, ou plutôt par un bonheur
qui ne m'abandonne jamais au milieu des plus grands
maux, le coup de poignard, violemment asséné sur
ma poitrine, a frappé sur cette boîte qui est assez
large, au moment qu'attiré du côté de l'arbre par
l'effort du second brigand qui me fit perdre pied,
je tombais à la renverse. Tout cela combiné, fait
qu'au lieu de me crever le cœur, le couteau a glissé
sur le métal, en coupant le sachet, enfonçant la
boîte et la sillonnant profondément ; puis m'éraflant
la haute poitrine, il m'est venu percer le menton
en dessous et sortir par le bas de ma joue droite. Si
j'eusse perdu la tête en cet extrême péril, il est certain, mon ami, que j'aurais aussi perdu la vie. *Je
ne suis pas mort*, dis-je en me relevant avec force ; et
voyant que l'homme qui m'avait frappé était le seul
armé, je m'élance sur lui comme un tigre, à tous
risques ; et saisissant son poignet, je veux lui arracher son long couteau qu'il retire avec force, ce qui
me coupe jusqu'à l'os toute la paume de la main
gauche, dans la partie charnue du pouce. Mais l'effort qu'il fait en retirant son bras, joint à celui que
je faisais moi-même en avant sur lui, le renverse à
son tour : un grand coup de talon de ma botte,
appuyé sur son poignet, lui fait lâcher le poignard,
que je ramasse, en lui sautant à deux genoux sur
l'estomac. Le second bandit, plus lâche encore que

le premier, me voyant prêt à tuer son camarade, au lieu de le secourir, saute sur le cheval qui paissait à dix pas, et s'enfuit à toutes jambes. Le misérable que je tenais sous moi, et que j'aveuglais par le sang qui me ruisselait du visage, se voyant abandonné, a fait un effort qui l'a retourné à l'instant où j'allais le frapper ; et se relevant à deux genoux, les mains jointes, il m'a crié lamentablement : *Monsier ! mon omi !* et beaucoup de mots allemands par lesquels j'ai compris qu'il me demandait la vie. *Infâme scélérat !* ai-je dit ; et mon premier mouvement se prolongeant, j'allais le tuer. Un second opposé, mais très-rapide, m'a fait penser qu'égorger un homme à genoux, les mains jointes, était une espèce d'assassinat, une lâcheté indigne d'un homme d'honneur. Cependant, pour qu'il s'en souvînt bien, je voulais au moins le blesser grièvement ; il s'est prosterné en criant : *Mein Gott !* mon Dieu !

Tâchez de suivre mon âme à travers tous ces mouvemens aussi prompts qu'opposés, mon ami, et vous parviendrez peut-être à concevoir comment du plus grand danger dont j'aie jamais eu à me garantir, je suis en un clin d'œil devenu assez osé pour espérer lier les mains derrière le dos à cet homme, et l'amener ainsi garotté jusqu'à ma chaise ; tout cela ne fut qu'un éclair. Ma résolution ainsi arrêtée, d'un seul coup je coupai promptement sa forte ceinture de chamois par derrière, avec son couteau que je tenais de ma main droite, acte que sa prosternation rendait très-facile.

Mais comme j'y mettais autant de violence que de vitesse, je l'ai fort blessé aux reins, ce qui lui a fait jeter un grand cri en se relevant sur ses genoux, et joignant de nouveau les mains. Malgré la douleur excessive que je ressentais au visage, et surtout à la main gauche, je suis convaincu que je l'aurais entraîné, car il n'a fait aucune résistance, lorsque ayant tiré mon mouchoir, et jeté à trente pas le couteau qui me gênait, parce que j'avais mon second pistolet dans la main gauche, je me disposais à l'attacher; mais cet espoir n'a pas été long : j'ai vu revenir de loin l'autre bandit accompagné de quelques scélérats de son espèce; il a fallu de nouveau m'occuper de ma sûreté. J'avoue qu'alors j'ai senti la faute que j'avais faite de jeter le couteau; j'aurais tué l'homme sans scrupule en ce moment, et c'était un ennemi de moins. Mais ne voulant pas vider mon second pistolet, le seul porte-respect qui me restât contre ceux qui venaient à moi, car ma canne était tout au plus défensive, dans la fureur qui m'a saisi de nouveau, j'ai violemment frappé la bouche de cet homme agenouillé du bout de mon pistolet, ce qui lui a enfoncé la mâchoire et cassé quelques dents de devant qui l'ont fait saigner comme un bœuf; il s'est cru mort et est tombé. Dans ce moment, le postillon, inquiet de mon retard, et me croyant égaré, était entré dans le bois pour me chercher. Il a sonné du petit cor que les postillons allemands portent tous en bandoulière; ce bruit et sa vue ont suspendu la course des scélérats, et m'ont donné le temps de me retirer, la canne élevée et mon pistolet en avant, sans avoir été volé. Quand ils m'ont senti sur le chemin, ils se sont dispersés, et mon laquais a vu, ainsi que le postil-

15.

lon , passer auprès d'eux et de ma chaise ; en traversant la route avec vitesse, le coquin à la veste bleue sans manches, ayant son habit sur son bras ; c'était celui qui m'avait renversé : peut-être espérait-il fouiller ma voiture après avoir manqué mes poches. Mon premier soin, quand je me suis vu en sûreté et à portée de ma chaise , a été d'uriner bien vite. Une expérience bien des fois réitérée m'a appris qu'après une grande émotion c'est un des plus sûrs calmans qu'on puisse employer. J'ai imbibé mon mouchoir d'urine , et j'en ai lavé mes plaies. Celle de la haute poitrine s'est trouvée n'être qu'une éraflure.

Celle du menton, très-profonde, se fût certainement prolongée jusque dans la cervelle, si le coup eût porté droit, et si la position renversée où j'étais en le recevant n'eût fait glisser le couteau sur l'os de la mâchoire inférieure.

La blessure de ma main gauche, plus douloureuse encore à cause du mouvement habituel de cette partie, s'enfonce dans le gras intérieur du pouce et va jusqu'à l'os. Mon laquais effrayé me demandait pourquoi je n'avais pas appelé ; mais indépendamment que ma chaise, qui avait toujours marché, se trouvait beaucoup trop loin pour m'en faire entendre en criant, c'était ce que je n'avais garde de faire, sachant bien que rien ne détruit la force comme de la consumer en de vaines exclamations. Le silence et le recueillement sont les sauve-gardes du courage, qui à son tour est la sauve-garde de la vie en ces grandes occasions. *Imbécile!* lui ai-je dit, *fallait-il aller aussi loin, et me laisser assassiner?*

Je me suis fait promptement conduire à Nuremberg, où l'on m'a appris que quelques jours avant
les mêmes voleurs, en ce même endroit, avaient
arrêté le chariot de poste, et avaient détroussé de
10,000 florins divers voyageurs.

J'ai donné le signalement des hommes, du cheval, et l'on a mis sur-le-champ de nouveaux soldats
en campagne pour les arrêter.

De l'eau et de l'eau-de-vie ont été mon panse-
ment; mais mon plus grand mal est une douleur si
aiguë dans le creux de l'estomac, chaque fois que le
diaphragme se soulève pour l'aspiration, que cela
me plie en deux à tout moment. Il faut qu'en ce
débat j'aie reçu quelque grand coup dans cet endroit,
que je n'ai pas senti d'abord.

En examinant depuis de sang-froid l'état des
choses, j'ai vu que la double étoffe du sachet et la
bourre parfumée qu'il renferme, coupée par l'effort
du coup porté dans ma poitrine, l'ont beaucoup
amorti. La boîte d'or en le recevant a fait ressort
comme une lame de fer-blanc; et le coup, assené de
bas en haut, parce que je tombais à la renverse, n'a
fait que glisser dessus, ce qui n'empêche pas qu'elle
ne soit enfoncée, crevée et fort sillonnée par la
pointe du poignard.

Cette circonstance d'une boîte qui paraît destinée
à contenir un portrait, quoique un peu grande, et
qui m'a sauvé la vie, a tellement frappé les honnêtes
personnes de Nuremberg, qu'elles ne pouvaient se
lasser d'examiner la boîte et le sachet; tous voulaient en conséquence que je fisse dire un grand office à la sainte Vierge, en reconnaissance de ce

bonheur. Et moi, les laissant dans leur erreur, je
leur ai fait remarquer en riant qu'il y aurait une
contradiction manifeste et même indécente d'aller
remercier la Vierge, parce que la boîte à portrait,
d'une femme qui ne l'est point m'avait garanti de la
mort. Ils n'ont point manqué, comme bien pensez,
de dire à cela que j'étais un drôle de corps. Je suis
de leur avis; mais on a beau jeu de rire quand on se
voit sur ses pieds après une aussi diabolique aventure.

Si mon étouffement continue, je me ferai saigner
ce soir à Ratisbonne, où l'on m'a dit que je trouve-
rais encore plus de secours qu'à Nuremberg. Désormais il faudra changer mon appellation, et au lieu
de dire Beaumarchais le blâmé, l'on me nommera
Beaumarchais le balafré. Balafre, mes amis, qui ne
laissera pas de nuire à mes succès aphrodisiaques!
Mais qu'y faire? ne faut-il pas que tout finisse?

Faites avec moi quelques réflexions philosophi-
ques sur ma bizarre destinée, il y a beau champ pour
cela. Qu'est-ce donc que le sort me garde? car quoiqu'il fît bien chaud à la barre du Palais, il faisait
encore de quelques degrés plus chaud dans la sapi-
nière de Neuschtadt.

Cependant je suis sur mes pieds, tout n'est donc
pas dit pour moi.

Songez, mon ami, que je suis vivant, et vous con-
cevrez comment les choses mêmes qui paraissent si
simples aux autres hommes, qu'ils ne prennent pas
seulement la peine d'y réfléchir, sont presque toujours pour moi la source d'une foule de sensations
agréables. Je serai donc joyeux désormais toutes les

fois que je me souviendrai que je suis en vie, car
vous m'avouerez que ce serait une grande platitude
que d'aller mourir de cette sotte oppression d'estomac qui me reste après m'être relevé vivant, quoique assassiné par deux scélérats. Me croyez-vous capable d'une pareille ineptie? Oh, que non ; vous
avez trop bonne opinion de moi pour me supposer
en danger. Je vais bien me reposer et me soigner
avant de me remettre en route pour la France ; mes
affaires sont terminées, mais j'ai l'air d'un masque
avec ma balafre, mes béguins, ma main pote et enveloppée. Ajoutez que je grimace comme un suppli-
cié toutes les fois que j'aspire ; ce qui compose environ quarante grimaces par minute, et ne saurait
manquer de m'enlaidir encore un peu davantage ;
et voyez quel joli homme je suis.

Au milieu de tout cela, je ne puis m'empêcher de
sourire de la mine bassement ridicule que fait un
lâche coquin pris sur le temps, et forcé de demander
quartier. Mais quand ce spectacle a frappé mes yeux,
alors il n'était pas saison de rire ; aussi ne riais-je
pas. Je voyais seulement quel extrême avantage a
l'homme de sang-froid sur ceux qui le perdent.
Voilà ce que j'ai étudié toute ma vie ; voilà ce à quoi
j'ai rompu mon âme trop bouillante, à force de
l'exercer sur les contradictions.

Il n'y a plus que les petites colères qui me rendent
mauvais joueur ; les grandes me trouvent toujours
assez armé. Il faut pourtant que la nature souffre en
moi de cet effort, puisqu'elle ne s'en donne la peine
que dans les occasions majeures, et me laisse tout
entier à mon vice radical sur les coups d'épingles ;

et voilà certainement pourquoi je suis deux hommes, fort dans la force, enfant et musard tout le reste du temps.

Cet accident a fait tant d'éclat dans le pays, qu'il se peut très-bien que quelques gazettes en parlent. Mais comme elles ne diront apparemment le fait qu'en abrégé, je profite du loisir d'une route tranquille, sur un très-beau fleuve, dont le cours sinueux, changeant à tout moment l'aspect des rivages, réjouit ma vue, et met assez de calme dans mes idées pour que je puisse vous faire ce détail. S'il est un peu décousu, vous serez indulgent, lorsque vous penserez que j'étouffe en respirant; et que tout le corps me fait mal, sans compter les élancemens de mes blessures, qui ne m'auraient pas permis de soutenir plus long-temps le cahotement de la poste, ce qui m'a fait gagner le Danube par le plus court chemin.

La fièvre m'avait pris en quittant les terres de Prusse pour entrer dans l'électorat de Trèves et Cologne, car toute la route depuis Nimègue, où finit la Hollande, à travers le duché de Clèves, est si affreuse, que la fatigue seule m'avait rendu malade. Quand le roi de Prusse, disent les habitans, n'aura plus rien à nous prendre, il ne nous prendra plus rien. Aussi tout ce pays est-il déplorable.

Le Salomon du Nord, il faut l'avouer, aime un peu beaucoup l'argent, et en général a plus de qualités que de vertus : aussi sera-t-il rangé dans la classe des conquérans par l'histoire, et non dans celle des rois.

Je me serais fait saigner à Francfort, comme c'était mon projet, si je l'avais pu sans me trop arrêter;

ais n'y pouvant rester à cause des affaires pressées
ui m'appelaient ailleurs, on ne m'a pas conseillé
'ouvrir ma veine en courant.

Et voyez comme tout est pour le mieux. Si j'avais
ffaibli ce jour-là mon corps par la saignée dans une
ille impériale, où aurais-je pris l'audace et l'aı deur
évreuse qui m'ont tiré d'affaire le lendemain dans
ne forêt de sapins? Réellement, mon ami, je de-
iendrai panglossite : je sens que tout m'y porte.
i l'optimisme est une chimère, il faut avouer qu'il
'en est pas de plus consolante et de plus gaie. Je
'y tiens.

Vous entendez bien que je n'écris point ces hor-
ibles détails aux femmes qui prennent à moi quel-
ue intérêt; outre qu'il est trop long, telle d'entre
les mourrait de frayeur avant la troisième page;
t peut-être ne vous l'aurais-je pas écrit à vous-même
i je n'avais craint tout ce que vos conjectures pour-
aient avoir de funeste en voyant dans quelque ga-
ette étrangère :

« Les lettres de Nuremberg portent que des voleurs qui avaient détroussé le chariot de poste il y
a quelques jours, ont arrêté le 14 août un gentilhomme français nommé M. de Ronac [1], et l'ont
dangereusement blessé, quoiqu'ils n'aient pu ni le
voler ni le tuer. »

Allez donc, mon ami, dans tous les domiciles
mâles et femelles de ma connaissance; et après avoir

[1] Il paraît que Beaumarchais, chargé d'une mission
particulière par Louis XVI, voyageait sous le nom de
Ronac, qui n'est que l'anagramme du sien, Caron. J. R.

commencé par assurer que je suis bien en vie, lisez
ce que vous voudrez de ma lettre, en accompagnant
votre lecture de toutes les réflexions consolantes que
mon bonheur doit vous suggérer.

Je puis être dans trois semaines à Paris (car je ne
doute point que je n'y retourne encore); un étouffement ne tue pas un homme de ma vigueur. Pour
mes blessures, je dis comme le *S. Germier*, la chair,
la peau, tout cela revient gratis. Adieu, mon ami.

Quand vous me reverrez, vous direz tout comme
les paysans des villes où je passe, et qui ont appris
mon aventure par les postillons de Nuremberg, partis avant moi.

Ils s'attroupent autour de ma chaise, et mon laquais me traduit qu'ils disent : « Viens donc voir,
voilà ce monsieur Français qui a été tué dans le bois
de Neuschtadt. » Je ris, et ils ouvrent de grandes bou-
ches d'admiration de voir le monsieur tué qui rit.
Mais je parle d'hier, car aujourd'hui je suis sur le
Danube; je n'offre plus rien à la curiosité des paysans.

J'ai excessivement à me louer de la compassion
empressée de tout ce qui m'a vu à Nuremberg, et de
la vivacité avec laquelle on s'est mis en quête des brigands. M. le baron de Loffelhos, bourgmestre de
la ville; M. de Welz, conseiller aulique, adminis-
trateur des postes; M. Charles de Felzer, officier
des postes, fils d'un médecin de l'impératrice à
Vienne; sa femme; M. le baron de Genski, Polo-
nais, et logé dans mon auberge; l'honnête Conud-
Gimberd, mon aubergiste, et sa famille : je nomme
tous ces honnêtes gens avec joie, toujours ravi quand
je rencontre quelque part les hommes ainsi qu'ils

evraient être partout. J'écrivais un jour d'Ostende
à M. le prince de Conti, en lui faisant le détail de
tout ce qui me frappait dans ce port, que si je m'é-
tais un peu brouillé avec les hommes à la barre du
parlement de Paris, je m'étais bien raccommodé
avec eux à la barre du port d'Ostende. Ici c'est la
même chose pour moi : j'ai repris pour les hommes
à Nuremberg l'amour qui m'avait un peu quitté à
Neuschtat.

Bonjour, mon ami. Quoique j'aie haché cette
lettre à dix reprises, ce qui ne la fera pas briller
par la composition, je suis las d'écrire, las d'être
assis, las d'être malade, las d'être en route, et réellement un peu bien las de voir sans cesse ma chère
paresse contrariée et gourmandée par une succes-
sion rapide d'événemens si actifs qu'ils m'en font
perdre haleine. Il y a long-temps que tous mes amis
ont dit avec moi : que quand j'aurais rattrapé ma
tranquillité, j'aurais bien gagné le repos après lequel je cours. Où diable est-il donc fourré ? Je
l'ignore. Enfin, las d'être tourmenté, je pourrai
bien quelque jour jeter mon bonnet en l'air de tous
les incidens de la vie, et dire aux autres : En voilà
assez pour moi, tâchez de mieux faire, et c'est ce
que je vous souhaite. Bonjour, mon ami.

GAITÉ

FAITE A LONDRES,

ADRESSÉE A L'ÉDITEUR DE LA CHRONIQUE DU MATIN.

6 mai 1776.

Monsieur l'éditeur,

Je suis un étranger, Français, plein d'honneur. .
Si ce n'est pas vous apprendre absolument qui je
suis, c'est au moins vous dire en plus d'un sens qui
je ne suis pas ; et, par le temps qui court, cela n'est
pas tout-à-fait inutile à Londres.

Avant-hier au Panthéon, après le concert et pendant qu'on dansait, j'ai trouvé sous mes pieds un
manteau de femme, de taffetas noir, doublé de
même et bordé de dentelle. J'ignore à qui ce manteau appartient ; je n'ai jamais vu, pas même au
Panthéon, la personne qui le portait, et toutes mes
recherches depuis n'ont pu rien m'apprendre qui
fût relatif à elle.

Je vous prie donc, monsieur l'éditeur, d'annon-
cer dans votre feuille ce manteau trouvé, pour qu'il
soit rendu fidèlement à celle qui le réclamera.

Mais afin qu'il n'y ait point d'erreur à cet égard,

ai l'honneur de vous prévenir que la personne qui
a perdu était ce jour-là coiffée en plumes couleur de rose ; je crois même qu'elle avait des pendeloques de brillans aux oreilles ; mais je n'en suis pas
aussi certain que du reste. Elle est grande, bien
faite ; sa chevelure est d'un blond argenté ; son teint
éclatant de blancheur ; elle a le cou fin et dégagé ; la
taille élancée, et le plus joli pied du monde. J'ai
même remarqué qu'elle est fort jeune, assez vive et
distraite ; qu'elle marche légèrement, et qu'elle a
surtout un goût décidé pour la danse.

Si vous me demandez, monsieur l'éditeur, pourquoi, l'ayant si bien remarquée, je ne lui ai pas remis sur-le-champ son manteau, j'aurai l'honneur
de vous répéter ce que j'ai dit plus haut : que je n'ai
jamais vu cette personne ; que je ne connais ni ses
yeux, ni ses traits, ni ses habits, ni son maintien,
et ne sais ni qui elle est, ni quelle figure elle porte.

Mais si vous vous obstinez à vouloir apprendre
comment, ne l'ayant point vue, je puis vous la désigner aussi bien, à mon tour, je m'étonnerai qu'un
observateur aussi exact ne sache pas que l'examen
seul d'un manteau de femme suffit pour donner
d'elle toutes les notions qui la font reconnaître.

Mais, sans me targuer ici d'un mérite, qui n'en
est plus un depuis que feu Zadig [1], de gentille mémoire, en a donné le procédé, supposez donc, monsieur l'éditeur, qu'en examinant ce manteau, j'ai
trouvé dans le coqueluchon quelques cheveux d'un

[1] Voyez dans les romans de Voltaire le chapitre III de
Zadig, ou la *Destinée*, *histoire orientale*.

très-beau blond, attachés à l'étoffe, ainsi que de légers brins de plumes roses échappés de la coiffure ; vous sentez qu'il n'a pas fallu un grand effort de génie pour en conclure que le panache et la chevelure de cette blonde doivent être en tout semblables aux échantillons qui s'en étaient détachés. Vous sentez cela parfaitement.

Et comme une pareille chevelure ne germa jamais sur un front rembruni, sur une peau équivoque en blancheur, l'analogie vous eût appris, comme à moi, que cette belle aux cheveux argentés doit avoir le teint éblouissant, ce qu'aucun observateur ne peut nous disputer sans déshonorer son jugement.

C'est ainsi qu'une légère éraflure au taffetas, dans les deux parties latérales du coqueluchon intérieur (ce qui ne peut venir que du frottement répété de deux petits corps durs en mouvement), m'a démontré, non qu'elle avait ce jour-là des pendeloques aux oreilles, aussi ne l'ai-je pas assuré, mais qu'elle en porte ordinairement, quoiqu'il soit peu probable, entre vous et moi, qu'elle eût négligé cette parure un jour de conquête ou de grande assemblée, c'est tout un ; si je raisonne mal, monsieur l'éditeur, ne m'épargnez pas, je vous prie : rigueur n'est pas injustice.

Le reste va sans dire. On voit bien qu'il m'a suffi d'examiner le ruban qui attache au cou ce manteau, et de nouer ce ruban juste à l'endroit déjà fripé par l'usage ordinaire, pour reconnaître que l'espace embrassé par ce nœud étant peu considérable, le cou enfermé journellement dans cet espace est très-fin et dégagé. Point de difficulté là-dessus.

Mesurant ensuite avec attention l'éloignement qui se trouve entre le haut de ce manteau, par derrière, et les plis ou froissement horizontal formé vers le bas de la taille par l'effort du manteau, quand la personne le serre à la française pour animer sa stature, et qu'elle fait froncer toute la partie supérieure aux hanches, pendant que l'inférieure, garnie de dentelle, tombe et flotte avec mollesse sur une croupe arrondie et fortement prononcée, il n'y a pas un seul amateur qui n'eût décidé, comme je l'ai fait, que le buste étant très-élancé, la personne est grande et bien faite. Cela parle tout seul, on voit le nu sous la draperie.

Supposez encore, monsieur l'éditeur, qu'en examinant le corps du manteau vous eussiez trouvé sur le taffetas noir l'impression d'un très-joli petit soulier, marqué en gris de poussière, n'auriez-vous pas réfléchi que si quelque autre femme eût marché sur le manteau depuis sa chute, elle m'eût certainement privé du plaisir de le ramasser? alors il ne vous eût plus été possible de douter que cette impression ne vînt du joli soulier de la personne même qui avait perdu le manteau. Donc, auriez-vous dit, si son soulier est très-petit, son joli pied l'est bien davantage. Il n'y a nul mérite à moi de l'avoir reconnu; le moindre observateur, un enfant trouverait ces choses-là.

Mais cette impression, faite en passant, et sans même avoir été sentie, annonce, outre une extrême vivacité de marche, une forte préoccupation d'esprit, dont les personnes graves, froides ou âgées sont peu susceptibles; d'où j'ai conclu très-simplement que

14.

ma charmante blonde est dans la fleur de l'âge, bien vive et distraite en proportion. N'eussiez-vous pas pensé de même, monsieur l'éditeur? je vous le demande, et ne veux point abonder dans mon sens.

Enfin, réfléchissant que la place où j'ai trouvé son manteau conduisait à l'endroit où la danse commençait à s'échauffer, j'ai jugé que cette personne aimait beaucoup cet amusement, puisque cet attrait seul avait pu lui faire oublier son manteau qu'elle foulait aux pieds. Il n'y avait pas moyen, je crois, de conclure autrement; et quoique Français, je m'en rapporte à tous les honnêtes gens d'Angleterre.

Et quand je me suis rappelé le lendemain que, dans une place où il passait autant de monde, j'avais ramassé librement ce manteau (ce qui prouve assez qu'il tombait à l'instant même), sans que j'eusse pu découvrir celle qui venait de le perdre (ce qui dénote aussi qu'elle était déjà bien loin), je me suis dit : Assurément cette jeune personne est la plus alerte beauté d'Angleterre, d'Écosse et d'Irlande; et si je n'y joins pas l'Amérique, c'est que depuis quelque temps on est devenu diablement alerte dans ce pays-là [1].

En poussant plus loin mes recherches, peut-être aurais-je appris dans son manteau quelle est sa noblesse et sa qualité; mais quand on a reconnu d'une femme qu'elle est jeune et belle, ne sait-on pas d'elle à peu près tout ce qu'on en veut savoir? Du moins en usait-on ainsi de mon temps dans quel-

---

[1] Le 17 mars 1776, Washington avait forcé les troupes anglaises à évacuer Boston.

rues bonnes villes de France, et même dans quelques villages, comme Marly, Versailles, etc.

Ne soyez donc plus surpris, monsieur l'éditeur,
qu'un Français, qui toute sa vie a fait une étude
philosophique et particulière du beau sexe, ait découvert, au seul aspect du manteau d'une dame,
et sans l'avoir jamais vue, que la belle blonde aux
plumes roses qui l'a perdu joint à tout l'éclat de
Vénus le cou dégagé des Nymphes, la taille des
Grâces et la jeunesse d'Hébé; qu'elle est vive, distraite, et qu'elle aime à danser au point d'oublier
tout pour y courir, sur le petit pied de Cendrillon,
avec toute la légèreté d'Atalante.

Et soyez encore moins étonné, si, rempli toute la
nuit des sentimens que tant de grâces n'ont pu
manquer de m'inspirer, je lui ai fait à mon réveil
les petits vers innocens auxquels son manteau, votre
feuille et vos bontés, monsieur l'éditeur, serviront
le passeport.

O vous que je n'ai jamais vue,
Que je ne connais point du tout,
Mais que je crois par avant-goût,
D'attraits abondamment pourvue!
Hier, quand vous vous échappiez
Parmi tant de belles en armes,
Je sentis tomber à mes pieds
Le manteau qui couvrait vos charmes.
A l'instant cet espoir secret
Qui nous saisit et nous chatouille
Quand nous tenons un bel objet,
Me fit mieux sentir le regret
De n'en tenir que la dépouille.
Je voudrais vous la reporter;

Mais examinons s'il est sage
A moi de m'en laisser tenter.
Si l'amour me guette au passage,
Le sort ne m'aura donc jeté
Dans un pays de liberté
Que pour y trouver l'esclavage ?
Peut-être aussi, pour mon malheur,
Un époux, un amant, que sais-je ?
A-t-il déjà le privilége
De sentir battre votre cœur ;
Et pour prix de ma fantaisie,
Loin que le charme de vous voir
Fît naître en moi le moindre espoir,
J'expirerais de jalousie.
Il vaut donc mieux, belle inconnue,
Ne pas chercher dans votre vue
Le hasard d'un tourment nouveau.
A votre amant soyez fidèle ;
Mais plus son sort me paraît beau,
Plus je vous crois sensible et belle,
Moins je veux garder le manteau.

En rendant ce manteau-là, permettez, monsieur
l'éditeur, que je m'enveloppe dans le mien, et ne
me signe ici que

L'Amateur Français.

AUX AUTEURS

DU JOURNAL DE PARIS [1].

Le 8 mai 1784.

Messieurs,

Tout en vous remerciant de l'honnêteté que vous avez mise dans l'examen du *Mariage de Figaro*, je dois vous reprocher une négligence impardonnable au journal institué pour apprendre à tout Paris, chaque matin, ce qui, la veille, est arrivé de piquant dans son enceinte. Si quelque accident avait frappé le plus inconnu des bourgeois nommés citoyens, vous l'indiqueriez à l'article *Événement* ; et la foudre a tombé jeudi dernier dans la salle du spectacle en cinq cents carreaux ou carrés de papier lancés du cintre, et contenant la plus écrasante épigramme imprimée contre la pièce et son auteur, sans que vous daigniez en faire la plus légère mention ! Tout ce qui fait époque, messieurs, n'est-il pas de votre district ? A quel temps de la monarchie rapportera-t-on un jour cette ingénieuse nouveauté, si les journaux en gardent le silence ? Il faut donc que je vous supplée, en rendant au public le chef-d'œuvre destiné à son instruction. Ce n'est point ici le cas de nommer le valet complaisant qui l'a fait, le maître enjoué qui l'a

[1] Cette lettre n'a encore été recueillie dans aucune édition des *œuvres* de Beaumarchais.   J. R.

commandé, le colporteur honoré qui nous l'a transmis. Ils trouveront leurs noms et mes remercîmens dans la préface de mon ouvrage.

Il suffit de montrer ici comment cette épigramme en est le foudroyant arrêt.

SUR LE MARIAGE DE FIGARO.

Je vis hier, du fond d'une coulisse,
    L'extravagante nouveauté,
    Qui, triomphant de la police,
Profane des Français le spectacle éhonté.
Dans ce drame effronté, chaque acteur est un vice.
    Bartholo nous peint l'avarice;
    Almaviva, le suborneur;
    Sa tendre moitié, l'adultère:
    Et Double-Main un plat voleur.
    Marceline est une mégère;
    Bazile, un calomniateur;
Fanchette l'innocente est bien apprivoisée;
    Et la Suzon, plus que rusée,
A bien l'air de goûter du page favori,
Greluchon de Madame, et mignon du mari.
Quel bon ton! quelles mœurs cette intrigue rassemble!
Pour l'esprit de l'ouvrage, il est chez Brid'oison;
    Mais Figaro...! Le drôle à son patron
    Si scandaleusement ressemble;
    Il est si frappant qu'il fait peur:
Et pour voir à la fin tous les vices ensemble,
Des badauds achetés ont demandé l'auteur.

On ne peut pas nier que cette épigramme, la plus ingénieuse de toutes celles qu'on a prodiguées à ma pièce, ne donne une analyse infiniment juste de l'ouvrage et de moi. Il eût été seulement à désirer que l'auteur, moins pressé de jouir des applaudissemens du public, en eût plus soigné le français et la poésie. On ne dit guère, en effet, qu'un acteur *est un vice*, parce qu'un acteur est un homme, et qu'un vice est une habitude criminelle.

Il n'est pas exact non plus de nommer l'adultère un vice. Si l'impudicité mérite ce nom, l'adultère, qui n'en est qu'un simple acte, une modification, est seulement un péché. Nous disons : il a commis le péché d'adultère, et non le vice de l'adultère. On eût peut-être encore montré plus de goût en censurant le ton de ma comédie, si l'on eût fait grâce aux lecteurs français des mots un peu hasardés, de *goûter du page favori*, etc., etc.

Mais ce sont là de faibles taches dans un ouvrage aussi rempli d'esprit que de justesse ; et je ne fais ces remarques légères qu'en faveur des jeunes gens qui s'exercent beaucoup dans ce genre estimable.

Au reste, si l'épigramme, arrivant du cintre du spectacle, a été reçue à grands coups de sifflets, l'auteur n'en doit pas conserver une moins bonne opinion de son ouvrage et de sa personne. Les nouveautés, même les plus piquantes, ont de la peine à prendre, et je ne doute pas qu'enfin on ne réussisse à faire adopter cette façon ingénieuse de s'emparer de l'opinion publique et de la diriger sur les ouvrages dramatiques.

J'ai l'honneur d'être, etc.

AUX AUTEURS

DU JOURNAL DE PARIS [1].

Ce 13 juin 1784.

Messieurs ,

Plusieurs personnes m'ayant fait l'honneur de m'écrire pour se disculper d'avoir eu la moindre part à l'infâme épigramme que j'ai fait insérer dans votre journal , je déclare avec plaisir que je n'ai pas cru un seul mot de toutes les fausses insinuations qu'on a cherché à me donner, et que je n'ai confié à personne ce que je sais de positif à cet égard.

Je saisis cette occasion de prévenir les personnes intéressées à mon action , que j'ai rendu plainte contre les malhonnêtes gens, quels qu'ils soient, qui font courir une prétendue lettre [2] de moi écrite à

---

[1] Cette lettre n'a encore été recueillie dans aucune édition des *œuvres* de Beaumarchais.   J. R.

[2] Voici cette lettre, qu'on disait avoir été adressée au duc de Villequier, en réponse à sa demande d'une petite loge pour des femmes qui voulaient voir *Figaro* sans être vues : « Je n'ai nulle considération, monsieur le duc, pour des femmes qui se permettent de voir un spectacle qu'elles jugent malhonnête , pourvu qu'elles le voient en secret ; je ne me prête pas à de pareilles fantaisies. J'ai donné ma pièce au public pour l'amuser et pour l'in-

un duc et pair, qu'on a même eu l'audace de désigner par différens noms, quoique je n'aie l'honneur
d'être en relation avec aucun de ceux qu'on désigne.

Pour qu'il ne reste point d'équivoque à ce que je
fais, je déclare que je n'entends désavouer, ni le
fond, ni les termes d'un billet qui n'a été écrit qu'à
un de mes amis dans le premier feu d'un léger mé-
contentement.

Je suis, etc.

struire; non pour offrir à des bégueules mitigées le plaisir d'en aller penser du bien en petite loge, à condition
d'en dire du mal en société. Le plaisir du vice, et les
honneurs de la vertu, telle est la pruderie du siècle. Ma
pièce n'est pas un ouvrage équivoque; il faut l'avouer ou
la fuir. Je vous salue, monsieur le duc, et je garde ma
loge. »   J. R.

AUX AUTEURS

DU JOURNAL DE PARIS [1].

Messieurs,

L'origine des grandes maisons, leurs branches, leurs alliances, sont des points de discussion dignes de fixer l'attention des savans, et c'est rendre service à la société que d'écarter les nuages qui les enveloppent.

C'est pourquoi, messieurs, je vous demanderai quelques détails sur une famille, qui, quoique sortie d'une source obscure, mérite, par la fortune qu'elle a faite et par le grand rôle qu'elle joue dans le monde, d'être connue jusque dans ses moindres rejetons.

Cette maison dont je veux parler, c'est celle de Figaro, jadis l'*anonyme*, et maintenant si célèbre.

Je lui ai plusieurs fois entendu raconter son histoire, et quoique d'une manière fort détaillée, j'ai toujours remarqué qu'il oublie une petite circonstance.

Il dit bien qu'il est né à Séville, que son père était médecin, sa mère une certaine demoiselle Marceline de Verte-allure, jouissant de ses droits ; qu'il fut vendu à des Bohémiens ; que de disgrâces en disgrâ-

---

[1] Cette lettre n'est point de Beaumarchais ; mais comme elle a occasioné la réponse qui la suit, nous avons pensé qu'on la lirait avec plaisir.   J. R.

ces il tomba au château d'Aguas-Frescas, où il épouse Suzanne. Mais jamais il ne parle, parmi ses trente-six infortunes, d'avoir subi le joug de l'hymen et même d'avoir eu des enfans ; c'est ce qui fait ma difficulté, et ce qui cependant est aisé à prouver.

Vous devez vous rappeler que (quelques années auparavant, lorsque à Séville il se mêlait du mariage du comte Almaviva) Rosine dit quand Bartholo lui demanda pourquoi il manquait des feuilles de papier à lettres : « J'en ai pris une pour faire un cornet de bonbons pour la petite Figaro : » et un peu plus loin: « mais ces doigts noircis est-ce aussi pour la petite Figaro ? »

Il y avait donc à Séville une petite Figaro qui ne pouvait être la fille que de monsieur Figaro le barbier, puisqu'il n'y avait que lui dans toutes les Espagnes qui portât ce nom.

Enfin, messieurs, est-ce une fille adoptive? quelle était sa mère? sa fortune est-elle aussi considérable que celle de son père? Est-elle aussi aimable que sa belle-mère? Pourquoi n'est-elle pas à Aguas-Frescas pour augmenter le nombre des conquêtes de don Chérubin? Ce sont les doutes sur lesquels je vous prie de m'éclaircir, et avec moi beaucoup de personnes qui s'intéressent pour tout ce qui porte le nom de Figaro.

J'ai l'honneur d'être, etc.

RÉPONSE A L'ANONYME

QUI DEMANDE UN ÉCLAIRCISSEMENT [1].

Ce 31 janvier 1785.

Le hasard, monsieur, m'ayant procuré ce matin même des notions certaines sur le sort de *la petite Figaro* dont vous paraissez inquiet, je m'empresse de vous les communiquer, persuadé que vous n'avez pas fait une pareille recherche sans avoir la louable intention de lui être utile, dès que vous seriez instruit de son sort.

L'enfant qu'on nommait abusivement *la petite Figaro*, parce que ce bon garçon, touché de sa misère, en prenait soin par pure humanité, se nommait Geneviève Valois. Lorsque Figaro a passé en France, elle et sa mère, qui était une fort honnête femme, l'y ont suivi sans autre espoir. Cette jeune fille, très-laborieuse, a épousé depuis, à Paris, un pauvre honnête garçon, gagne-denier sur le port Saint-Nicolas, nommé l'Écluze, qui vient d'être écrasé misérablement, au milieu de tous ses camarades, par la machine qui sert à décharger les bateaux. Il a laissé sa pauvre femme, âgée de vingt-cinq ans, avec un enfant de treize mois et un de huit jours

---

[1] Cette lettre n'avait point encore été recueillie dans les *œuvres* de Beaumarchais.   J. R.

qu'elle allaite, quoiqu'elle soit très-malade et qu'elle manque de tout. Les pauvres camarades de son mari, touchés de son triste sort, se sont tous cotisés pour la faire vivre un moment. Ils m'ont invoqué ce matin, par la plume de leur inspecteur ; je me suis joint à eux avec plaisir, et je ne doute pas, monsieur, que vous n'en fassiez autant. J'ai donc envoyé un louis pour elle à M. Merlet, inspecteur du port Saint-Nicolas, et j'en joins deux autres à cette lettre, en priant les auteurs de ce journal de vouloir bien les faire tenir au même M. Merlet, pour la bonne Geneviève Valois, veuve l'Écluze, avec ce qu'il vous plaira, monsieur, d'y ajouter pour le soulagement de cette pauvre mère affligée, souffrante et nourrice.

J'apprendrai avec joie, par la voie du journal, que votre bon esprit et votre bon cœur ont été satisfaits également de mon explication, la seule qu'il fût honnête d'exiger de celui qui a l'honneur d'être, etc.

AUX AUTEURS

DU JOURNAL DE PARIS.

Ce 5 février 1785.

Je vous ai demandé, messieurs, des éclaircissemens sur un point de la pièce de Figaro, et M. de Beaumarchais m'a répondu en me racontant un malheur qui VIENT d'arriver sur le port Saint-Nicolas le 7 septembre 1784.

La solution est singulière ; et l'on ne devait pas s'attendre à voir établir un terme moyen entre deux choses aussi éloignées.

Cependant, si l'on veut réfléchir, l'on trouvera que cette manière de répondre à une question en faisant naître un incident qui, par une apparence d'une plus grande utilité, ou plus d'éclat, détourne les regards et la fait oublier, est un de ces sophismes adroits que nous voyons employés par plusieurs grands hommes dans des circonstances délicates, entre autres par Scipion l'Africain.

Étant cité devant le peuple pour rendre compte de sa conduite, choqué de cette demande, peut-être aussi la trouvant embarrassante, il s'écria : « Romains, à pareil jour je vainquis les Carthaginois ; allons-en rendre grâces aux dieux. »

De même, M. de Beaumarchais, qui depuis peu s'occupe de bienfaisance, au lieu de s'arrêter à une discussion d'une utilité médiocre, m'a proposé de me joindre à lui pour venir au secours de l'humanité souffrante. Je l'ai fait; j'ai envoyé à la veuve l'É-cluze, née à Paris, et qu'elle n'a pas encore quitté, ce que mes facultés me permettaient de faire pour elle.

Mais, messieurs, la situation de cette femme, dont le mari, par une inattention inconcevable, a été écrasé endormi sous une roue de cette espèce de grue, est encore plus triste qu'on ne vous l'a dépeinte.

Depuis cinq mois, dans les dangers d'une grossesse, troublée par ce funeste accident, sujette depuis à des maux de nerfs qui l'empêchent de travailler, ne recevant des soins que de sa mère, qui les partageait entre elle et son enfant, elle n'a reçu d'autres secours que ceux que les supérieurs et les camarades de son mari ont pu lui procurer.

Un tel tableau ne suffisait-il pas pour rendre la lettre de M. de Beaumarchais *touchante?* pour engager la société, qui jamais ne s'est montrée aussi bienfaisante que de nos jours, avait-on donc besoin du nom de FIGARO? ou fallait-il, pour lier un récit mal tissu, mêler à des fables un malheur aussi vrai et aussi terrible?

Quoi qu'il en soit, me conformant à ce que M. de Beaumarchais m'a fait entendre par la dernière phrase de sa lettre, je ne porte pas plus loin mes réflexions ni mes doutes.

J'ai l'honneur, etc.

AUX AUTEURS

DU JOURNAL DE PARIS [1].

Ce 11 février 1785.

Au nom de *la petite Figaro*, messieurs, je rends grâces, du fond de l'âme, à toutes les personnes qui ont donné, par vous, des secours à la pauvre affligée, souffrante et MÈRE NOURRICE, Geneviève Valois, veuve l'Écluze. La forme aimable de ces envois montre qu'ils partent tous de cœurs facilement généreux, à qui la bienfaisance est aussi douce que familière. Je ne sais si je me trompe, messieurs, mais il me semble que rien ne peint mieux que ce trait le caractère heureux de notre nation, qui met de la grâce à tout, même aux actions vertueuses.

On vient de m'assurer que les dernières *cent vingt livres* envoyées à la pauvre *nourrice* nous venaient d'une de ces sociétés d'agrément, connues sous le nom de Salon, Club ou Musée, etc. Que le ciel conserve, ai-je dit, toute association que la plus légère étincelle électrise aussi gaîment pour le bien !

Une seule chose affligeait *la petite Figaro*; c'était de n'avoir aucune nouvelle de ce bon monsieur qui, le premier, avait montré une si tendre inquiétude sur son sort. Nous disions : serait-il malade ? aurait-

---

[1] Cette lettre n'avait point encore été recueillie dans les *œuvres* de Beaumarchais. J. R.

du chagrin d'avoir vu prévenir ses charités par d'autres plus actives ? On nomme en Angleterre *ca-nards boiteux* ceux qui profitent d'un échappatoire pour fuir à leurs engagemens d'honneur ; et ce nom rend fort bien la démarche honteuse de ces gens qui restent tous déshonorés ; mais ce n'est pas ici le cas : la bienfaisance est un acte très-libre, et rien ne force à l'exercer.

Nous serions heureux, disions-nous, d'être seulement rassurés sur la santé d'un citoyen qui est la cause des charités que tant d'autres ont versées sur la *petite Figaro;* nous le sommes, messieurs, par sa lettre d'hier [1] au Journal.

L'inspecteur du port m'avait dit que, depuis les dons connus par votre feuille, deux sévères inquisiteurs avaient été ensemble interroger longuement la pauvre veuve l'Écluze, sur son *vrai* nom de fille, son premier état, son *vrai* pays ; sur ses connivences avec moi ; et qu'en la quittant, un écu sonnant sur la table avait payé cet interrogatoire.

Mais j'étais loin de reconnaître, à cette aigreur, votre bon anonyme, si doux, si gai, si spirituel dans ses inquiétudes sur *la petite.* Anonymement parlant, il dit aujourd'hui, c'est moi. Rendons-lui grâces de son don, quoiqu'il semble avoir pris de l'humeur sur mon invitation pressante.

En effet, messieurs, qui lui a dit que *depuis peu m'occupe de bienfaisance?* Je fais peu de bien, il

---

[1] La lettre qui précède, quoique datée du 5 février, n'avait paru que dans le numéro du 10 du *Journal de Paris.*   J. R.

est vrai ; eh ! quel homme en peut faire beaucoup ? Mais il est dans mon caractère d'en faire tout le peu que je puis. Ce *depuis peu* n'est donc pas sans quelque amertume. On pourrait dire, à la rigueur, d'un inconnu pris dans son piége, et forcé de donner l'écu pour avoir droit à une réplique, que l'amertume de son ton ferait soupçonner que c'est *depuis peu* qu'il *s'occupe* de bienfaisance ; car nous le savons tous, messieurs, celui qui n'est pas bienfaisant ne le devient point tout-à-coup ! Contentons-nous des réflexions qu'un tel procédé me fait naître.

Oh ! ce n'est pas ainsi qu'ont agi ni parlé les personnes gaîment généreuses qui ont accordé leurs bienfaits à ma pauvre *mère* NOURRICE ! C'est à la grâce d'une action qu'on distingue toujours la facilité de l'effort, le triste devoir du plaisir.

Et quant au rapprochement figuré que je me suis permis, j'en demande pardon au censeur; il est bien plus hardi que moi dans ses hardis rapprochemens ! En effet, quoique chacun de nous ait, je crois, fait de son mieux dans le poste où le sort l'a mis, il faut avouer qu'il y a moins loin d'une pauvre *mère qui nourrit* à *la petite Figaro*, que de Scipion *l'A-fricain* à Beaumarchais *l'Américain*.

J'ai l'honneur d'être, etc

A M. CARON DE BEAUMARCHAIS [1].

Monsieur,

Tout le monde connaît votre bienfaisance. Permettez-moi de venir la réclamer dans le journal même où elle se manifeste avec tant d'éclat.

Je suis ecclésiastique : une femme de la famille Valois, qui depuis long-temps a de la confiance dans mon zèle, mais qui n'ose pas prendre la liberté de vous écrire, m'a prié de vous faire part de son chagrin et de ses inquiétudes. En voici le motif.

Depuis que vous avez annoncé au monde la malheureuse situation d'Élisabeth Valois, veuve l'Écluze, et les trois louis dont vous l'avez gratifiée, d'autres personnes charitables, mais qui ne se sont pas nommées, lui ont aussi envoyé des secours.

Ne croyez pas, monsieur, que je veuille faire ici une observation désobligeante : chacun fait le bien à sa manière ; qu'on le fasse, c'est le point essentiel. La morale sublime, qui veut que la main gauche ignore le bien que fait la main droite, n'est plus guère à la portée de nos mœurs ; aussi est-ce une perfection, non un précepte. Il faut respecter la charité qui se cache ; il faut louer encore la charité qui, en se montrant, *électrise gaîment* celle des au-

[1] Cette lettre est de Suard. Voyez la notice historique en tête du premier volume de cette édition.   J. R.

tres. Un peu de vanité est un bien petit péché ; la vanité qui soulage les misères de ceux qui souffrent est bonne à encourager. Nous ne sommes pas dans un temps où il faille chicaner les motifs des bonnes actions.

Pardonnez cette petite bouffée de morale à mon état et à l'habitude de mes fonctions ; pour changer de sujet, parlons de vous, monsieur, de vos comédies, et de ce qu'elles ont produit.

Je ne les connais pas par moi-même ; mes devoirs et mes principes m'interdisent le théâtre ; mais il n'y a personne dans Paris qui puisse en ignorer la célébrité.

Le bruit de votre nom et de vos succès a retenti jusqu'aux halles et au port Saint-Nicolas. Il n'y a pas un gagne-denier, ni une blanchisseuse un peu renforcée, qui n'ait vu au moins une fois *le Mariage de Figaro*, et qui n'en ait retenu quelques traits facétieux, qui égaient à chaque instant leurs conversations. Vous leur avez appris à rajeunir ingénieusement des proverbes qu'ils commençaient à trouver usés. *Tant va la cruche à l'eau qu'enfin elle s'emplit*, se répète dix fois de suite dans leurs joyeux propos, et dix fois de suite excite des éclats de rire sans fin. *Gaudeat bene nanti*, est devenu, pour ceux qui savent seulement lire au lutrin, une maxime de morale, comme un trait d'esprit.

Un grand nombre de ces bonnes gens, qui ne connaissaient pas même le nom du *Théâtre Français*, ont voulu voir votre comédie ; et comme ils n'y ont rien compris d'abord, ils y sont retournés. Le plaisir et l'instruction qu'ils y ont trouvés les ont conduits naturellement aux théâtres des boulevards, où ils aiment à revoir Figaro sous toutes les formes, et toujours avec son esprit et son ton.

Ce qui les charme surtout, c'est de retrouver dans votre comédie, comme dans celles des grands danseurs du roi, des mœurs qu'ils connaissent beaucoup, un langage qui leur est déjà familier, et des plaisanteries qui sont à leur usage.

Je ne m'y connais pas beaucoup; mais il me semble, monsieur, que le but du poète comique est de faire passer sur le théâtre les mœurs du peuple, et que son succès est de faire passer dans la bouche du peuple les plaisanteries du théâtre. Je ne sais pas jusqu'à quel point la langue des seigneurs et des dames s'est enrichie des phrases de Figaro et de Bazile; mais je suis sûr que si votre pièce se perdait (ce qu'à Dieu ne plaise), le dialogue s'en retrouverait presque en entier dans les bonnes sociétés des faubourgs Saint-Jacques et Saint-Marceau.

On dit d'ailleurs que les héros de votre comédie sont un grand seigneur de qui tout le monde se moque, ce qui n'est pas commun; un valet insolent qui se moque de tout le monde, ce qui doit amuser bien des gens; et un petit page qui court après toutes les filles, et à qui une belle comtesse trouve la peau très-douce et le bras bien rond, ce qui ne peut manquer de plaire aux jeunes garçons et aux grandes dames. Tout cela est bien fait pour charmer toutes les classes du public.

Vous ne connaissez peut-être pas toute votre gloire, monsieur. Le nom de Figaro est devenu immortel dans la bouche du peuple comme celui de

Tartufe dans la bouche des gens du monde. Mais
celui-ci est borné à désigner un hypocrite ; au lieu
que l'autre s'applique à toute espèce de mauvais sujets : on le donne même aux chiens, aux chats, aux
chevaux de fiacre. J'entendis l'autre jour un porteur
de chaise dire, en voyant un chien des rues qui
aboyait à tous les passans : « Assommons ce vilain
Figaro. »

Mais, monsieur, cette célébrité de nom qui fait
votre gloire, peut faire le malheur des honnêtes
gens que vous avez obligés. Ne pouviez-vous pas soulager la détresse de cette pauvre veuve l'Écluze sans
la faire passer pour cette *petite Figaro*, dont la filia-
tion a paru inquiéter un anonyme aussi curieux en
généalogie qu'un gentilhomme nouveau?

Comment n'avez-vous pas pressenti que ce nom,
prodigué à ce qu'il y a de plus bas et de plus ridicule, devenait une insulte pour une brave femme à
qui on l'applique si légèrement? L'influence de ces
sobriquets parmi le peuple est plus importante qu'on
ne pense ; ils ne se perdent presque jamais. La plu-
part des noms propres n'ont été dans leur origine
que des sobriquets.

La parente de la veuve l'Écluze, qui *invoque* ici
votre humanité *par ma plume*, a vu avec douleur que
quelques-uns de vos amis, qui, à votre exemple, en-
voyaient au journal de Paris des secours pour cette
pauvre veuve, les adressaient à *la petite Figaro*. Heureusement que les gens de son quartier ne lisent pas
le journal de Paris ; sans cela, ce nom de Figaro de-
viendrait une tache ineffaçable pour cette femme ;
pour le jeune enfant qu'elle allaite, et pour d'autres

marmots, si elle en a qu'elle voudra *empâter*, comme vous l'avez si bien dit, *de son lait maternel*. Il ne serait plus en votre pouvoir de réparer le mal que vous auriez fait à toute cette famille. Quel est le bourgeois un peu délicat qui voudrait épouser une *petite Figaro*, et l'honnête artisan qui, entaché de ce nom dès son enfance, pourrait aspirer à devenir syndic de sa communauté?

Je vous soumets, monsieur, ces réflexions, et je ne doute pas que vous ne vous occupiez à prévenir le malheur dont cette honnête famille est menacée.

Pardonnez si je vous ai occupé si longuement de vous et de vos ouvrages; je me suis laissé aller au plaisir de m'entretenir avec vous, parce que j'ai vu que vous aimiez à répondre à tout le monde. Je me trouverai infiniment honoré d'un mot de réponse, et je vous assure en attendant des sentimens très-distingués avec lesquels j'ai l'honneur d'être, etc.

P. L. P. F. C. L.

AUX AUTEURS

DU JOURNAL DE PARIS.

Paris, 2 mars 1785.

Dégagé d'affaires plus sérieuses, messieurs, c'est à vous seuls que je me plains de vous, pour la sortie violente à laquelle vous avez donné cours contre ce pauvre Figaro.

Est-il bien avéré, messieurs, que votre privilége d'imprimer s'étende jusqu'au droit de fatiguer les citoyens des grossièretés anonymes que tout homme, aigri par un succès, voudra leur adresser dans vos feuilles? Cela vous est si peu permis, que vous seriez à peine excusable quand on vous l'aurait ordonné. Et pourquoi cette humeur d'un ecclésiastique? parce qu'une pièce qui l'afflige continue de plaire au public?

Eh quoi, Mathan! d'un prêtre est-ce là le langage?

Il y a long-temps qu'on l'a dit. Sitôt que les gens d'un état se mêlent de juger ceux d'un autre, on ne voit qu'inepties imprimées.

Souvenez-vous, messieurs, qu'il est écrit : Rachetez par l'aumône et vos péchés et vos sottises. Si l'auteur eût mis *vos bêtises*, et que chacun fît son devoir, ne voilà-t-il pas encore un ecclésiastique ruiné? Vous-mêmes aujourd'hui, messieurs, ne devriez-vous pas quelque petite aumône aux pauvres *nièces qui nourrissent*.

Quant à l'anecdote ingénieuse d'un porteur de chaise en colère et d'un chien nommé Figaro, ne sait-on pas qu'on abuse de tout? Nous avons tous connu le feu marquis de Li*..., qui, ayant deux vilains choupilles, appelait savamment le chien Thisbé, et la chienne Pyrame : cela empêche-t-il que ces deux noms ne soient demeurés très-jolis? Celui du grand César est-il moins honoré parce qu'un pauvre sot en affubla son laridon? Et, sans aller chercher d'exemple hors du sujet, est-il un nom chez nous dont on abuse autant que de celui d'abbé? L'honneur de le porter était autrefois décerné à nos seuls prêtres dignitaires; il se donne indifféremment à ces êtres plus qu'équivoques sur lesquels on entend partout : Faites donc taire ce sot abbé. Chassez donc ce vilain abbé. Qui diable a prostitué des presses à cet impertinent abbé? Enfin, ce nom descend aujourd'hui depuis le noble abbé mitré, possesseur de forte abbaye, jusqu'à ces abbés à crosser, qui calomnient dans quelques feuilles. L'abjection connue des derniers empêche-t-elle d'honorer ce nom, toujours respecté dans les autres? Donc le raisonnement sur le chien n'est qu'un chien·de raisonnement.

Cependant l'abbé qui m'écrit n'attendra pas longtemps ma réponse à sa diatribe. Elle était d'avance imprimée dans la *Préface du Mariage* que l'on doit publier dans peu. Mais, sous quelque habit qu'il la lise, on le reconnaîtra partout au plaisir qu'il en montrera.

Pourtant, messieurs, quel est votre objet en publiant de telles sottises? Quand j'ai dû vaincre lions

16.

et tigres pour faire jouer une comédie, pensez-vous
après son succès, me réduire, ainsi qu'une servante
hollandaise, à battre l'osier tous les matins sur l'in-
secte vil de la nuit ?

Je ne répondrai plus à rien qui ne soit signé de
quelqu'un, rien surtout sur *la petite Figaro* qui ne
soit couvert d'une aumône. Il convient bien à un soi-
disant prêtre de critiquer ma charité quand il ne la
fait pas lui-même ! Il est commode à certaines gens
qu'on ne se vante pas des bienfaits, cela exempte
souvent de donner ; et *la main gauche* est aisément
discrète quand *la main droite* n'a rien à divulguer.
Mes *trois* louis envoyés sans mystère en ont valu près
de *vingt* à une pauvre *mère nourrice*, sans même y
comprendre l'écu du frère aîné de votre abbé. Voilà
de quoi je me vante avec joie. Qu'ils en envoyent
chacun *autant* et qu'ils se nomment, ils auront un
moindre mérite, mais au moins le don sera sûr.

S'il était permis à quelqu'un de se vanter du bien
qu'il fait, c'est peut-être celui à qui l'on impute
beaucoup de mal qu'il ne fait pas. Mais l'homme qui
brûle de consacrer vingt mille écus à un établissement de bienfaisance, se vante-t-il en donnant trois
louis ? Soyez impartiaux, messieurs, et puis jou-
tons, votre ecclésiastique et moi, à qui fera le plus
de bien selon nos moyens respectifs : cette lutte est
d'un nouveau genre ; elle vaut bien la guerre de
Figaro. Imprimez alors, messieurs, tout ce qu'on
dira contre moi, tous les sots bruits qu'ils font courir, mais ne me fermez pas vos feuilles toutes les fois
qu'il est question de mes idées de bienfaisance. Pourquoi n'avez-vous pas imprimé le trait sublime de ma

bonne nourrice normande, qui ayant huit enfans à
elle, un mari, et *neuf* sous par jour, a nourri quatre
ans un enfant sans avoir jamais rien reçu : elle vient,
à pied, chercher ici les parens de son nourrisson ;
père et mère sont disparus. On voulait, à Paris,
qu'elle le mît aux Enfans-Trouvés. « A Dieu ne
plaise, s'écrie-t-elle, je l'ai nourri pendant quatre
ans! j'ai huit enfans vivans, il sera le neuvième; » et
elle le remporte en pleurant.

Mon active quête, pour elle, a monté à quinze ou
seize louis : si vous n'eussiez pas supprimé le trait
sublime de cette femme d'une de mes lettres au
journal, elle aurait obtenu, l'an passé, le prix public de la vertu, et l'on vous en eût su bon gré. Voilà
ce qu'il fallait imprimer.

Pourquoi ne dites-vous pas un mot du noble enthousiasme avec lequel la ville de Lyon vient d'adopter mon plan de bienfaisance pour les *pauvres mères
qui nourrissent?* Il est rendu public dans le journal
de cette ville, et vous a été envoyé pour engager la
capitale à imiter ce noble exemple. Cela valait bien
les invectives de votre digne ecclésiastique.

Enfin, messieurs, voici mon dernier mot, si vous
enlevez encore à la petite poste le droit exclusif de
me transmettre les injures anonymes dont mes charités sont payées. Pardon, mais je serai forcé de vous
prendre à partie, et il n'est pas un tribunal où je
n'obtienne alors de vous faire attacher, à vous-mêmes, le nom du fuyard contumace, au poteau public de vos feuilles.

J'ai l'honneur d'être, etc.

RÉPONSE

A M. LE CURÉ DE SAINT PAUL [1].

Paris, le 20 mars 1788.

Mon digne et bon pasteur,

Après vous avoir rendu grâce de l'obligeant avis ¿
que vous .voulez bien me donner, permettez-moi ¡
de faire un modeste examen de la profanation que ?
votre lettre me reproche.

Si vous aviez fait la recherche de ce délit qui nous ?
est imputé, avant d'en porter plainte aux magis- ·
trats, vous auriez su par moi, monsieur, qu'aucun ¡n
maçon, ni voiturier, ni couvreur, ni autres ouvriers, ¿

---

[1] Voici la lettre que le curé de Saint-Paul avait en--¡
voyée à Beaumarchais.

Paris, le 17 mars 1788.

Des personnes respectables, monsieur, m'ayant porté¿¡
des plaintes hier sur les travaux dont ils étaient témoins¿n
un jour de dimanche, j'ai été obligé de faire entendre¿¡
près des magistrats mes plaintes sur une transgression¡ι
que je ne puis voir avec indifférence. L'examen appro--¤
fondi que j'ai été obligé de faire m'a convaincu que c'é--¿
tait dans votre maison et dans votre jardin que ces tra--ε
vaux avaient eu lieu. Je suis bien persuadé, monsieur, ¡ι
que c'est à votre insu et contre vos ordres que des ou--¡n

ie travaillent chez moi le dimanche ; mais on vous
ût représenté que, dans ce mois de sève montante,
m ne peut laisser d'arbre hors de terre sans être
n danger de le perdre ; et que des gens de la cam-
.agne ayant conduit à mon jardin des arbrisseaux
enus de loin, ont employé toute la nuit du samedi,
t même la journée du dimanche, à faire, non
œuvre servile de les planter (car ils sont payés
our cela), mais l'acte conservatoire et forcé de les
errer en pépinière dans un des coins de mon ter-
ain, pour les empêcher de mourir ; et cela sans
ucun salaire, car ils me garantissent tout ce qu'ils
lanteront chez moi.

Quand il n'y a pas de péché, malheur à qui se
candalise ! dit en quelque endroit l'Écriture.

Ne pensez-vous pas comme moi que les Juifs seuls,
mon pasteur ! savent observer le sabbat ? car ils
'abstiennent du travail, de quelque utilité qu'il

riers ont été mis en action dans ce jour, dont l'observa-
ion est prescrite par la loi divine et par celle de l'état.
'attends de vous, monsieur, de nouveaux ordres aux
lirecteurs de vos travaux ; je les ai annoncés d'avance à
)lusieurs personnes dont l'émotion était publique. J'ai
lu plaisir à croire que mon espérance ne sera pas frus-
rée : au moins aurai-je rempli ce que me dicte ma con-
cience, et l'attachement avec lequel j'ai l'honneur d'être,

    Monsieur,

      Votre très-humble et très-obéissant serviteur,

        Signé Bossu, curé de Saint-Paul
          et prédicateur du roi.

soit : au lieu que chez nous autres chrétiens, on di--
rait que le culte est un simple objet de police, tant
ses commandemens sont heurtés d'exceptions. Nous
punissons un cordonnier, un tailleur, un pauvre
maçon qui travaillerait le dimanche; et dans la
maison à côté, nous souffrons qu'un gras rôtisseur
égorge, plume, cuise et vende des volailles et du
gibier. Ce qui me scandalise moi, c'est que l'homme
de bien qui va s'en regorger n'est point scandalisé
de cette œuvre servile, exercée pour lui le dimanche.

Dans nos jardins publics, cent cafés sont ouverts,
mille garçons frappent des glaces, on en fait un
commerce immense; et l'honnête dévot qui va s'en
rafraîchir le dimanche les paie sans songer au scan--
dale qui en résulte.

Plus loin, monsieur, on donne un bal; vingt
ménétriers altérés y font l'œuvre servile et folle de
faire danser nos chrétiens pour quelque argent qu'on
leur délivre; si mon dévot n'y danse pas, au moins
ni lui ni son curé ne les dénoncent à la police, et
mon malheureux jardinier peut-être va payer l'a---
mende.

Les fêtes et les dimanches on ouvre les spectacles :
là des acteurs, pour de l'argent, font un métier
proscrit selon l'église; et le saint dénonciateur des
ouvriers de mon jardin va sans scrupule salarier
l'œuvre servile qui l'amuse, en sortant de chez mon
curé, où il a crié au scandale contre mes pauvres
paysans !

Sans doute on répondra que ce qui touche le pu--
blic mérite de faire exception à la rigueur du saint
précepte; mais le cabaret, la guinguette, et tous les

gens qui vivent des désordres où ils plongent le peuple aux saints jours, exercent-ils aux yeux de Dieu des métiers plus honnêtes que celui de mes ouvriers, qui s'abstiennent de l'exercer pour aller perdre la raison et le pécule de leur semaine dans ces lieux de prostitution?

Tous les métiers qui servent au plaisir ouvrent boutique le dimanche, et le père de douze enfans, si par malheur il n'est que cordonnier, tailleur de pierre, ou jardinier, est puni d'un travail utile qui nourrit lui et sa famille!

J'ai vu, le jour de Pâques, les valets de nos saints frotter leur chambre, les servir, un cocher mener leur voiture, et tous leurs gens faire autour d'eux l'œuvre servile par laquelle ces malheureux gagnent leur vie, sans qu'aucun de nos saints en fût scandalisé. Ne nous apprendra-t-on jamais où commence et finit le péché? comment un commerce inutile, un métier souvent scandaleux, peuvent s'exercer le dimanche, pendant que d'honnêtes laboureurs qui sustenteraient mille pauvres, deviennent l'objet du scandale de nos seigneurs les gens de biens?

Pardon, mon digne et bon pasteur, si j'insiste sur cet objet; votre lettre m'y autorise : nul ne raisonne avec moi sans que je raisonne avec lui. Tel est mon principe moral : l'œuvre de Dieu n'a point de fantaisie; et si l'utilité dont est le cabaret au *perfidus caupo* d'Horace, le fait tolérer le dimanche, je demande comment la nécessité des travaux ne plaide pas plus fortement pour un pauvre tailleur de pierre ou de malheureux jardiniers?

Au lieu de ces vaines recherches qui nous troublent dans nos demeures, de ces inquisitions des huitième ou neuvième siècle, de ces saintes émotions (pour employer vos propres termes) sur des travaux d'une utilité reconnue, ne ferait-on pas mieux d'être plus conséquent lorsqu'on établit des principes? Qu'est-ce que proscrire le dimanche des ouvrages indispensables, quand on excepte de la règle les travaux de pur agrément et jusqu'aux métiers de désordres?

Je m'en rapporte à vous, monsieur, qui êtes plus éclairé que moi, et vous supplie de ramener, si vous le trouvez dans l'erreur, celui qui est avec une confiance sans borne,

Mon respectable et bon pasteur,

Votre très-humble et très-obéissant
serviteur et paroissien, etc.

A M. MANUEL.

16 avril 1792.

O bon M. *Manuel!* pourquoi vous fâchez-vous contre un utile citoyen, qui veut bien plus que vous que chacun contribue; car il a plus que vous à perdre, si quelques brûlots malfaisans parviennent à combler le désordre?

Pourquoi versez-vous de l'absinthe sur les sages conseils de vos bontés municipales? Depuis que votre écrit paraît dans la *Chronique*, si j'employais les tristes matériaux que tous vos ennemis m'envoient, je vous abreuverais de fiel : vous, magistrat zélé, qui n'avez sûrement que des intentions pures, en me gourmandant sans sujet!

A Dieu ne plaise que je pousse cette petite guerre plus loin! Surveillez-moi bien, j'y consens; mais que ce soit vous-même, avec votre équité! N'allez plus ramasser tant d'indications hasardées sur les citoyens, leur état, leur fortune, et qui souvent n'ont de réel que l'inattention révoltante, ou le manque de soins qui préside à leur rédaction. Plus d'acceptions désobligeantes quand vous formez des listes d'accusation, nommant les uns, couvrant les autres du manteau d'un *et cœtera* [1].

L'homme riche, monsieur, ne doit payer ni

---

[1] J'ai déjà dit dans la *Chronique* que je ne suis point imprimeur, et ne dois rien en cette qualité. Tant pis pour eux qui enregistrent faux.

avant ni après *personne* ; mais seulement une somme plus forte que ceux qui ont moins de fortune ; voilà toute la distinction. Ne laissez pas penser qu'il entre de la partialité, ou même un peu de malveillance, dans le choix que vous faites de moi, entre mille autres citoyens, pour me donner des torts que je n'ai point : cela sera plus digne d'un magistrat, qu'on aime à voir intègre, et balancé comme la loi.

Lorsque vous outragez un citoyen sur sa fortune (ce qui sans doute est un des droits de votre place, puisque vous ne dédaignez pas d'en user contre moi), il est d'un esprit exercé d'employer des expressions justes : car, *désormais faire fortune*, ne sera pas, comme vous dites, *mériter l'estime publique.* Cette estime, monsieur, est un fort grand succès, une flatteuse récompense ; mais ce n'est point *faire fortune*, mot trivial qui ne s'applique qu'au fruit pécunier des travaux. Un écrivain de votre mérite sait cela beaucoup mieux que moi !

Peut-être il vaudrait mieux aussi, dans vos gaîtés municipales, éviter ces rapports badins entre *Alexandre* et *Beaumarchais*, qui rappellent un peu trop les plaidoyers de *la Folle Journée*, et font dire à ceux qui parcourent les dénonciations du procureur-syndic : *toujours de l'esprit, M. Desmazures !* La gravité de cet emploi, qu'un peu de peine a mis sur votre tête, exige un style plus décent.

Mais pendant que vous m'accusez de ne point payer à l'état cent écus d'arriéré que je ne dus jamais, comparons sans humeur notre conduite réciproque, depuis cette révolution ; cela peut n'être pas sans fruit.

Lorsque, vous dispensant de rien payer, vous-même (s'il faut en croire vos commis) vous vous donniez du mouvement pour tâcher d'être quelque chose ; moi, qui ne voulais être rien, j'obligeais l'*hôtel de Soubise*, qui refusait de l'accepter, de recevoir, non pas une déclaration vague pour ma contribution patriotique, mais l'état très-exact de mes biens productifs, dont j'ai payé gaîment le quart (et la date de mes quittances n'est pas du jour de ma nomination à aucune place que je voulusse avoir : j'espère n'en avoir jamais). Je soulageais, sans en rien dire, tous les pauvres de mon faubourg, de sommes assez considérables, dont, ne vous déplaise, monsieur, ils me savent aussi quelque gré. Je les reçus de ma section, *et ses très-doux remercîmens*. Je donnais des lits à huit cents de nos frères les fédérés, et refusais, sans m'en vanter, des officiers municipaux d'alors, la somme de 4,000 livres, que tous voulaient me rembourser, pour cette dépense civique, dont j'ai quittance *et leurs remercîmens*. Je leur proposais, mais tout bas, d'avancer de quoi soutenir divers établissemens publics, *et j'en ai leurs remercîmens*. Je leur offrais de déposer dans le trésor municipal une somme, sans intérêts, pour qu'ils fissent eux-mêmes circuler de petits billets, dont le peuple avait tant besoin ! procédé qui eût prévenu l'affreux agiotage que de perfides secours ont fait naître depuis ; *et j'en ai leurs remercîmens, et ceux du comité des finances*, dont je n'aurais pas dit un mot, si l'espèce de malveillance dont on voudrait m'envelopper ne me forçait à me montrer, pour ma sûreté personnelle.

Ainsi, pendant que vous me dénoncez comme arriéré d'un très-léger débet, en m'injuriant sur ma fortune, je prouverai, s'il faut, que, depuis dix-huit mois, j'ai déboursé, avec plaisir, en contributions, en aumônes, en secours, en dépenses civiques, environ 100,000 francs pour le service de la patrie, plus occupé de sa conservation que ceux qui s'en vantent beaucoup ; et toujours gaîment à mon poste, malgré les dangers personnels que des brigands m'ont fait courir.

Les généreux propriétaires ne sont donc pas, M. Manuel, autant inutiles à l'état que les gens de bien qui n'ont rien voudraient le faire accroire au peuple. Disons beaucoup cela tous deux, nous servirons la chose publique.

Si je conserve, au reste, une fonderie utile ; si, au lieu de vendre mon livre comme un vigneron vend son vin, je me mettais à débiter des livres, je me patenterais comme imprimeur à caractères ; mais si jamais j'imprime à mon profit les souillures de la police, les lettres d'autrui dérobées, je me condamnerai d'avance aux reproches fondés du procureur-syndic actuel de la commune de Paris. Et si, pendant tous ces débats, ma maison se trouvait pillée (comme on en répand le bruit sourd), au moins serait-il bien prouvé, aux yeux de mes concitoyens, que le patriote pillé valait autant pour la patrie que les patriotes pillards, à qui, je crois (bien malgré vous), la pauvre France est près d'être livrée.

Alors tous les propriétaires qui s'endorment sur un abîme sentiraient le danger qu'ils courent, et s'uniraient, en s'éveillant, pour repousser le bri-

sandage ; car *patrie sans propriété* est un mot si vide
de sens, que ceux qui feignent le plus d'y croire
n'en font pas moins tous leurs efforts pour devenir,
vos dépens et aux miens, *patriotes propriétaires.*
Indè colères, *indè* querelles, *indè* pillages tolérés,
indè tous ces écrits sur l'égalité prétendue en faveur
de ceux qui n'ont rien contre tous les gens qui pos-
sèdent ; ce qui mérite l'attention des surveillans
que nous avons choisis : comme si , à leur tour , ces
pillards ne devaient pas être pillés par ceux qui sui-
vraient leur exemple ! comme si un cercle de des-
tructions pouvait servir de base à l'harmonie de la
civilisation , à la liberté d'aucun peuple !

Faisons la paix , M. Manuel : vous et moi avons
mieux à faire qu'à nourrir de pamphlets la curiosité
des oisifs. Je ne répondrai plus à rien.

17.

A M. CHABOT.

7 juin 1792.

En lisant ce matin, monsieur, dans le *Logographe* du jour, votre éloquent rapport sur le comité autrichien, dans lequel on m'avait appris que je me trouvais dénoncé, j'ai vu que mes amis traitaient trop légèrement ce rapport, qu'ils appelaient une capucinade. Sa lecture m'a convaincu qu'il faut examiner soi-même, et non pas juger sur parole un orateur de votre force, et surtout de votre justice.

Vous y dites, monsieur, qu'un commissaire de la section du Louvre m'a dénoncé, *pour avoir acheté soixante-dix mille fusils en Brabant.* Vous dites que l'on en a la preuve *au comité de surveillance;* que ces fusils sont déposés *dans un lieu suspect à Paris..* Vous dites que la municipalité *a connaissance de l'un de ces dépôts.* Voilà des faits très-positifs : il semblerait qu'il ne me faut que des chevaux pour Orléans. Eh bien! dans un temps plus tranquille je mépriserais ces vains bruits ; mais je vois des projets sérieux d'exercer de lâches vengeances, en échauffant le peuple, en l'égarant par des soupçons qu'on fait jeter sur tout le monde, et que l'on donne à commenter aux brigands des places publiques

Je vous observe donc, monsieur, que si vous avez eu l'annonce *au comité de surveillance, que soixante-dix mille fusils sont cachés par moi dans Paris, qu'ils* ont dans un lieu très-suspect (ce qui suppose que vous le connaissez), vous êtes plus suspect que ce lieu, de n'avoir pas fait à l'instant tout ce qu'il faut pour vous en emparer. Un vrai comité autrichien, payé pour nuire à la patrie, n'agirait pas d'autre manière.

J'ajoute à cette observation que je somme hautement la municipalité de Paris (M. *Manuel* même à la tête) de déclarer publiquement, à peine de haute trahison, où est le dépôt des fusils que je tiens cachés dans Paris. Il est bien temps que, dans un corps composé de bons citoyens, les lâches qui le déshonorent soient désignés et bien connus.

Dans le court exposé de la trahison qu'on m'impute, vous n'avez fait que trois erreurs, que je vais relever, puisqu'il en est question.

Il est bien vrai, monsieur, que j'ai acheté et payé, non pas *soixante-dix mille fusils en Brabant*, comme vous le dites, mais soixante mille en Hollande, où ils sont encore aujourd'hui retenus, contre le droit des gens, dans un des ports de la Zélande. Depuis deux mois je n'ai cessé de tourmenter M. *Dumourier* pour qu'il en demandât raison au gouvernement hollandais; ce qu'il a fait, et je le sais par notre ministre à la Haye. J'invoque ici son témoignage pour attester ces faits à tout le monde, excepté à M. *Chabot*.

Il est bien vrai aussi que j'ai fait venir à Paris, non pas *soixante-dix mille armes*, comme vous le dites sans rougir, ajoutant *que la preuve est faite à votre comité secret*, mais *deux* de ces fusils seulement, pour qu'on juge quel est leur forme et leur calibre et leur

bonté. Mais puisque vous avez l'honnête discrétion
de ne pas indiquer *le lieu suspect* où je les tiens cachés, je vais, moi, par reconnaissance pour la grande
bonté du rapporteur *Chabot*, pour l'honneur de
mon délateur, le commissaire de la section du Louvre ; pour la bienveillante inaction de la municipalité, qui parle bas au sieur *Chabot* de mon dépôt,
qu'elle connaît, et ne fait rien pour s'en saisir ; je vais
nommer ce lieu *suspect*.

Je tiens ces deux fusils cachés..... O ciel! que
vais-je déclarer!.... Dans le grand cabinet du ministre de la guerre, près de la croisée à main gauche, d'où je sais que M. *Servant* ne refusera point de
les faire exhiber, toutes les fois qu'il s'agira de constater ce grand délit, par la dénonciation duquel
vous avez si bien établi le vrai comité autrichien, et
mes relations avec lui ! Je prie M. *Servant* de vouloir
attester le fait des deux fusils à tout le monde, excepté vous : je dis *excepté vous*, monsieur, parce
qu'on n'espère point ramener l'homme qui dénonce
une atrocité réfléchie contre sa conviction intime.

Mais pourquoi, direz-vous, si vous n'êtes pas
coupable, ces achats et cette cachette chez le ministre de la guerre? Et moi, qui n'ai point de motif
pour envelopper ce que je dis sous des formes insi-
dieuses, comme le fait M. *Chabot*, je parlerai sans
réticence.

Lorsque j'ai proposé de substituer dans nos pos-
sessions d'outre-mer, à mesure de leurs besoins, mes
fusils anglais, hollandais, à tous ceux du modèle de
1777, que l'on serait forcé d'y envoyer de France,
où nous n'en avons pas assez pour armer tous les

toyens qui brûlent de la maintenir libre, j'ai cru
evoir tranquilliser notre ministre de la guerre sur
i qualité des fusils que j'allais porter dans nos îles,
ous pareils à ces deux modèles que j'ai fait déposer
hez lui, en le priant d'en garder un, d'envoyer
autre en Amérique, pour qu'il y serve de contrôle
tous ceux que j'y porterai. Voilà ce que je prie
ncore M. *Servant* d'attester à tout le monde, ex-
epté à M. *Chabot.*

Or, si vous, digne rapporteur de faits que vous
onnaissez faux, ou si mon dénonciateur, ou quel-
ues-uns des membres de cette municipalité qui
este si tranquille, ayant la connaissance *d'un dépôt
"armes dans Paris;* si vous avez eu quelque espoir
le faire piller ma maison, comme on l'a essayé vingt
ois, en animant le peuple contre moi par les plus
âches calomnies, je vous apprends que vos projets
nt déjà quelque exécution. Déjà vos secrets émis-
aires affichent des placards sur mes murs et dans
non quartier, où l'on charge, comme de raison, les
)eaux traits du rapport que vous avez fait contre
noi; mais le peuple de mon quartier me connaît,
nonsieur, et sait bien qu'aucun citoyen de l'empire
i'aime son pays plus que moi; que sans appartenir
i faction ni à factieux, je surveille leur *porte-voix*,
eurs agens secrets, leurs menées; que j'en démasquerai plusieurs.

Quand je parle de *porte-voix*, je n'entends point,
nonsieur, vous désigner sous ce nom peu décent. Je
ais, comme les gens instruits, que les éloquens mo-
iastères où vous fûtes capuchonné ont de tout temps
ourni de grands prédicateurs à la religion chré-

tienne, mais j'étais bien loin d'espérer que l'Assemblée nationale aurait tant à se louer un jour des lumières et de la logique

> D'un orateur tiré de cet ordre de saints,
> Que le grand Séraphique a nommé capucins !

Plein d'une juste admiration pour vous, j'allais
joindre, monsieur, mon tribut d'applaudissemens à
ceux que vous avez reçus, lorsque je me suis vu
tout-à-coup dénoncé par vous. Si c'est bien fait de
dénoncer et d'envoyer à Orléans tout ce qui con-
trarie vos vues, je vous dirai comme Voltaire, en
parlant du père Girard, qui fut beau moine ainsi
que vous :

> Mais, mon ami, je ne m'attendais guère
> A voir entrer mon nom dans cette affaire !

Quoi qu'il en soit, monsieur, votre éloquence n'a
pas été perdue : la vive satisfaction de toute l'Assemblée, les louanges publiques dont on vous a couvert, le décret qui s'en est suivi, sur ce qui touche
aux généraux, vous ont sans doute consolé de n'a-
voir pas pu accomplir tout le bien que vous vouliez
faire : je vous rends grâce pour ma part, et suis
avec tout le respect que vos talens nous inspirent,
monsieur, votre, etc.

A MA FILLE EUGÉNIE,

ALORS AU HAVRE.

Paris, le 12 août 1792.

Puisque j'ai promis de t'écrire, c'est à toi, ma chère fille, que je veux adresser les détails des évé-nemens qui m'ont personnellement frappé dans ces trois journées désastreuses ; et je le fais pour que tu t'en occupes ; car il m'importe également que tout ce qui m'arrive en mal, ainsi qu'en bien, tourne au profit de mon enfant.

Mercredi matin 8 août, j'ai reçu une lettre par laquelle un monsieur, qui se nommait sans nul mys-tère, me mandait qu'il était passé pour m'avertir d'une chose qui me touchait, *aussi importante que pressée* : il demandait un rendez-vous. Je l'ai reçu. Là j'ai appris de lui qu'une bande de trente brigands avait fait le projet de venir piller ma maison la nuit du jeudi au vendredi ; que six hommes, en habit de garde national ou de fédéré, je ne sais, devaient ve-nir me demander, au nom de la municipalité, l'ou-verture de mes portes, sous prétexte de chercher si je n'avais pas d'armes cachées. La bande devait sui-vre, armée de piques avec des bonnets rouges, comme des citoyens acolytes, et ils devaient fermer les grilles sur eux, en emportant les clefs pour em-pêcher, auraient-ils dit, que la foule ne s'introdui-

sît. Ils devaient enfermer mes gens dans une des
pièces souterraines, ou la cuisine, ou le commun,
en menaçant d'égorger sans pitié quiconque dirait
un seul mot. Puis ils devaient me demander, la
baïonnette aux reins, le poignard à la gorge, où
étaient les huit cent mille francs qu'ils croient, disait ce monsieur, que j'ai reçus du trésor national...
Tu juges, mon enfant, ce que je serais devenu dans
les mains de pareils brigands, quand je leur aurais
dit que je n'avais pas un écu *et n'avais pas reçu un
seul assignat du trésor.* Enfin, m'ajouta ce bon homme,
ils m'ont mis du complot, monsieur, en jurant d'é-
gorger celui qui les décelerait. Voilà mon nom, mon
état, ma demeure; prenez vos précautions, n'expo-
sez pas ma vie pour prix de cet avis pressant que
mon estime pour vous m'engage à vous donner.

Après l'avoir bien remercié, j'ai écrit à M. Pé-
tion, comme premier magistrat de la ville, pour lui
demander une sauvegarde. J'ai remis ma lettre à
son suisse, et n'en avais pas de réponse quand les
troubles ont commencé, ce qui redoublait mes inquiétudes.

Je ne te dirai rien de la terrible journée du vendredi; les nouvelles en parlent assez; mais, voyant
revenir le soir les soldats et le peuple déchargeant
leurs fusils et tirant des pétards, j'ai jugé que tout
était calme, et j'ai passé la nuit chez moi.

Samedi 11, vers huit heures du matin, un homme
est venu m'avertir que les femmes du port Saint-
Paul allaient amener tout le peuple, animé par un
faux avis qu'il y avait des armes chez moi, *dans les
prétendus souterrains* qu'on a supposés tant de fois, et

dont trois ou quatre visites n'ont encore pu détruire les soupçons ; et voilà, mon enfant, l'un des fruits de la calomnie : les faussetés les mieux prouvées laissent d'obscurs souvenirs que les vils ennemis réveillent dans les temps de troubles ; car ce sont les momens, ma fille, où toutes les lâches vengeances s'exercent avec impunité.

Sur cet avis, j'ai tout ouvert chez moi, secrétaires, armoires, chambres et cabinets; enfin tout, résolu de livrer et ma personne et ma maison à l'inquisition sévère de tous les gens qu'on m'annonçait. Mais quand la foule est arrivée, le bruit, les cris étaient si forts, que mes amis troublés ne m'ont pas permis de descendre, et m'ont conseillé tous de sauver au moins ma personne.

Pendant qu'on bataillait pour l'ouverture de mes grilles, ils m'ont forcé de m'éloigner par le haut bout de mon jardin ; mais on y avait mis un homme en sentinelle qui a crié : « Le voilà qui se sauve ! » et cependant je marchais lentement. Il a couru par le boulevard avertir tout le peuple assemblé à ma grille d'entrée : j'ai seulement doublé le pas ; mais les femmes, cent fois plus cruelles que les hommes dans leurs horribles abandons, se sont toutes mises à ma poursuite.

Il est certain, *mon Eugénie*, que ton malheureux père eût été déchiré par elles, s'il n'avait pas eu de l'avance ; car la perquisition n'étant pas encore faite, rien n'aurait pu leur ôter de l'esprit que je m'étais échappé en coupable. Et voilà où m'avait conduit la faiblesse d'avoir suivi le conseil donné par la peur, au lieu de rester froidement comme je l'avais résolu. J'ai, mon enfant, un instinct de raison juste et net qui me saisit dans le danger, me fait former un pronostic rapide sur l'événement qui m'assaille, et m'a toujours conduit au meilleur parti qu'il faut prendre. C'est là, ma bonne et chère enfant, une des facultés de l'esprit que l'on doit le plus exercer, pour la retrouver au besoin ; et c'est peut-être à cette étude que j'ai dû, sans m'en être douté, le talent d'arranger des plans de comédies qui ont servi à mes amusemens, pendant qu'une application plus directe faisait concourir cette étude à ma conservation dans les occasions dangereuses qui se sont tant renouvelées pour moi.

J'étais entré chez un ami dont la porte était refermée, dans une rue qui, faisant angle avec celle où les cruelles femmes couraient, leur a fait perdre enfin ma trace, et d'où j'ai entendu leurs cris. Ah ! pardon, mon aimable enfant, si, dans ce moment de péril, j'ai pris en horreur tout ton sexe, en réfléchissant, malgré moi, que, lorsqu'il peut mal faire avec impunité, il semble saisir avec joie une occasion de se venger de sa faiblesse, qui le tient dans la dépendance du fort ; et c'est à ce motif secret qu'il faut, je crois, attribuer le désordre en tout genre, les exécrables cruautés où ce faible sexe se livre dans tous les mouvemens du peuple, et dont ces jours derniers nous montrent d'horribles exemples, dont je te sauve le récit.

Mais heureusement, mon enfant, qu'il n'y a dans ceci aucune application à faire aux créatures de ton exe dont l'éducation, la sagesse ont conservé les douces mœurs qui font leur plus bel apanage. La nature humaine est facile à s'égarer ; mais les individus sont bons, surtout ceux qui se sont veillés ; car ceux-là ont dû reconnaître que le meilleur calcul, pour le repos ou le bonheur, est d'être toujours juste et bon : utile pensée, mon enfant, qui m'a fait dire bien des fois, comme un bon résultat de mes plus mûres réflexions, « que si la nature, en naissant, ne m'avait pas fait un bon homme, je le serais devenu par un calcul approfondi : je m'en suis toujours bien trouvé. »

Pendant que j'étais enfermé dans un asile impénétrable, trente mille âmes étaient dans ma maison, où, des greniers aux caves, des serruriers ouraient toutes vos armoires, où des maçons fouillaient les souterrains, sondaient partout, levaient les pierres jusque sur les fosses d'aisance, et faisaient des trous dans les murs pendant que d'autres piochaient le jardin jusqu'à trouver la terre vierge, repassant plus vingt fois dans les appartemens, mais quelques-uns disant, au très-grand regret des brigands qui se trouvaient là par centaines : « Si l'on ne trouve rien ici qui se rapporte à nos recherches, le premier qui détournera le moindre des meubles, une boucle, sera pendu sans rémission, puis haché en morceaux par nous. »

Ah ! c'est quand on m'a dit cela que j'ai bien regretté de n'être pas resté, dans le silence, à contempler ce peuple en proie à ses fureurs, à étudier en lui ce mélange d'égarement et de justice naturelle qui perce à travers le désordre ! Tu te souviens de

ces deux vers que je mis dans la bouche de *Tarare*,
et qui furent tant applaudis :

> Quand ce bon peuple est en rumeur,
> C'est toujours quelqu'un qui l'égare.

Ils recevaient ici leur véritable application : la
lâche méchanceté l'avait égaré sur mon compte.
Pendant que les ministres et les comités réunis pro-
diguent les éloges au désintéressement et au civisme
de ton père sur l'affaire des fusils de Hollande, dont
ils ont les preuves en main, on envoie le peuple
chez lui, comme chez un traître ennemi qui tient
beaucoup d'armes cachées, espérant qu'on le pillera.

Ils doivent être bien furieux : le peuple ne m'a
point pillé; il a trompé leur rage, qu'aucun n'ose
mettre au grand jour sous son nom; seulement un
d'eux écrivait à une femme qui me l'a mandé sur-
le-champ, le jour que l'on croyait ma maison in-
cendiée :

> Enfin donc votre Beaumarchais
> Vient d'expier tous ses succès.

Expier des succès! Ah! l'abominable homme! dirait ici l'*Orgon*, de Molière! Eh! quoi donc? aux
yeux de l'envie, les succès deviennent des crimes?
Quels pauvres succès que les miens, rachetés par
tous les dégoûts qu'elle verse à pleines mains sur
moi! Des succès de pur agrément; car les fruits du
travail, des travaux de toute la vie, noyés dans des
mers de chagrins, perdus et rattrapés vingt fois par
mes veilles accumulées, ces fruits qu'on appelle
fortune, ce ne sont point là des *succès*. Le mot *succès*

ne doit être appliqué qu'à nos récompenses morales ; et la fortune, mon enfant, bien éloignée d'en mériter le nom, n'est qu'un résultat pécunier, nécessaire, mais triste et sec, et qui ne parle point au cœur.

Je te débite, en courant, les maximes qui se rencontrent sous ma plume.

Enfin, après sept heures de la plus sévère recherche, la foule s'est écoulée, aux ordres de je ne sais quel chef : mes gens ont balayé près d'un pouce et demi de poussière ; *mais pas un binet de perdu.* Les enfans ont pillé les fruits verts ; j'aurais voulu qu'ils eussent été mûrs : leur âge est sans méchanceté. Une femme au jardin a cueilli une giroflée ; elle l'a payée de vingt soufflets : on voulait la baigner dans le bassin des peupliers.

Je suis rentré chez moi. Ils avaient porté l'attention jusqu'à dresser un procès-verbal guirlandé de cent signatures qui attestaient qu'ils n'avaient rien trouvé de suspect dans ma possession. Et moi je l'ai fait imprimer avec tous mes remercîmens de trouver ma maison intacte ; et je le publie, mon enfant, d'abord parce que l'éloge encourage le bien, et parce que c'est une chose digne de l'attention des bons esprits, que ce mélange dans le peuple d'aveuglement et de justice, d'oubli total et de fierté ; car il y en a beaucoup en lui, pendant qu'il se livre au désordre, d'être humilié s'il croit qu'on pense qu'il est capable de voler. Si je vis encore quelque temps, je veux beaucoup réfléchir là-dessus.

Mon enfant, j'ai dîné chez moi comme s'il ne fût rien arrivé. Mes gens, qui se sont tous comportés à merveille et en serviteurs attachés, me racontaient

18.

tous leurs détails. L'un : « Monsieur, ils ont été
« trente fois dans les caves, et pas un verre de vin
« n'a été sifflé. » Un autre : « Ils ont vidé la fontaine
« de la cuisine, et je leur rinçais des gobelets. »
Celle-ci : « Ils ont fouillé toutes les armoires au
« linge ; il ne manque pas un torchon. » Celui-là :
« Un d'eux est venu m'avertir que votre montre
« était à votre lit. Là voilà, monsieur, la voilà ! Vos
« lunettes, vos crayons étaient sur la table à écrire,
« et rien n'a été détourné ! »

Enfin me voilà parvenu à la terrible nuit dont je
vous ai déjà parlé : en voici les affreux détails :

En nous promenant au jardin, sur la brune, le
samedi, l'on me disait : « Ma foi, monsieur, après
« ce qui est arrivé, il n'y a aucun inconvénient que
« vous passiez la nuit ici. » Et moi je répondais : Sans
doute ; mais il n'y en a pas non plus que j'aille la
passer ailleurs ; et ce n'est pas le peuple que je
crains, le voilà bien désabusé ; mais cet avis que j'ai
reçu d'une association de brigands pour me piller
une de ces nuits, me fait craindre que, dans la foule
qui s'est introduite chez moi, ils n'aient étudié les
moyens d'entrer la nuit dans ma maison ; car on a
entendu de terribles menaces : peut-être y en a-t-il
quelques-uns de cachés ici ; enfin j'ai grande envie
d'aller passer une bonne nuit chez notre bon ami de
la rue des Trois-Pavillons : c'est bien la rue la plus
tranquille qui soit au tranquille marais. Pendant
qu'il est à sa campagne, va, François, va mettre à
son lit une paire de draps pour moi.

J'ai soupé, ma fille : heureusement j'ai peu mangé,
puis je suis parti sans lumière pour la rue des Trois-

Pavillons, m'assurant bien de temps en temps que personne ne me suivait.

Mon François retourné chez moi, la porte de la rue barrée et bien fermée, un domestique de mon ami enfermé tout seul avec moi, je me suis livré au sommeil. A minuit, le valet, en chemise, effrayé, entre dans la chambre où j'étais : « Monsieur, me « dit-il, levez-vous; tout le peuple vient vous cher- « cher; ils frappent à enfoncer la porte. On vous a « trahi de chez vous; la maison va être pillée. » En effet on frappait d'une façon terrible. A peine réveillé, la terreur de cet homme m'en donnait à moi-même. Un moment, dis-je, « mon ami, la « frayeur nuit au jugement. » Je mets ma redin- gote, en oubliant ma veste, et, mes pantoufles aux pieds, je lui dis : « Y a-t-il quelque issue par où « l'on puisse sortir d'ici ? » — Aucune, monsieur ; mais pressez-vous, car ils vont enfoncer la porte. Ah ! qu'est-ce que va dire mon maître ? — « Il ne « dira rien, mon ami; car je vais livrer ma personne « pour qu'on respecte sa maison. Va leur ouvrir, je « descends avec toi. »

Nous étions troublés tous les deux. Pendant qu'il descendait, j'ai ouvert au premier étage une fenêtre qui donnait sur la rue du Parc-Royal ; il y avait sur le balcon une terrine allumée qui m'a fait voir, au travers de la jalousie, que la rue était pleine de monde : alors le désir insensé de sauter par la fe- nêtre s'est éteint à l'instant où j'allais m'y jeter. Je suis descendu en tremblant dans la cuisine au fond de la cour; et regardant par le vitrage, j'ai vu la porte enfin s'ouvrir. Des habits bleus, des piques, des gens en veste sont entrés ; des femmes criaient dans la rue. Le domestique est revenu vers moi pour chercher beaucoup de chandelles, et il m'a dit d'une voix éteinte : « Ah ! c'est bien à vous qu'on « en veut ! » Eh bien ! ils me trouveront ici.

Il y a près de la cuisine une espèce d'office avec une grande armoire où l'on met les porcelaines, dont les portes étaient ouvertes. Pour tout asile et pour dernier refuge, ton pauvre père, mon enfant, s'est mis derrière un des ventaux, debout, appuyé sur sa canne, la porte de ce bouge uniquement poussée, dans un état impossible à décrire, et la recherche a commencé.

Par les jours de souffrance qui donnaient sur la cour, j'ai vu les chandelles trotter, monter, descendre, enfiler les appartemens. On marchait au-dessus de ma tête ; la cour était gardée, la porte de la rue ouverte ; et moi, tendu sur mes orteils, retenant ma respiration, je me suis occupé à obtenir de moi une résignation parfaite, et j'ai recouvré mon sang-froid. J'avais deux pistolets en poche, j'ai débattu long-temps si je devais ou ne devais pas m'en servir. Mon résultat a été que, si je m'en servais, je serais haché sur-le-champ, et avancerais ma mort d'une heure, en m'ôtant la dernière chance de crier au secours, d'en obtenir peut-être, en me nommant, dans ma route à l'Hôtel-de-Ville. Déterminé à tout souffrir, sans pouvoir deviner d'où provenait cet excès d'horreur après la visite chez moi, je calculais les possibilités, quand, la lumière faisant le tour en bas, j'ai entendu que l'on tirait ma porte, et j'ai jugé que c'était le bon domestique qui, peut-être en

passant, avait imaginé d'éloigner encore un moment
le danger qui le menaçait. Le plus grand silence ré-
gnait ; je voyais à travers les vitres du premier étage
qu'on ouvrait toutes les armoires : alors je crus avoir
trouvé le sens de toutes ces énigmes. Les brigands,
me disais-je, se sont portés chez moi ; ils ont forcé
mes gens, sous peine d'être égorgés, de leur déclarer où j'étais ; la terreur les a fait parler : ils sont
arrivés jusqu'ici, et, trouvant la maison aussi bonne
à piller que la mienne, ils me réservent pour le dernier, sûrs que je ne puis échapper.

Puis mes douloureuses pensées se sont tournées
sur ta mère et sur toi et sur mes pauvres sœurs. Je
disais avec un soupir : Mon enfant est en sûreté ;
mon âge est avancé ; c'est peu de chose que ma vie,
et ceci n'accélère la mort de la nature que de bien
peu d'années : mais ma fille, sa mère, elles sont en
sûreté. Des larmes coulaient de mes yeux. Consolé
par cet examen, je me suis occupé du dernier terme
de la vie, le croyant aussi près de moi. Puis sentant
ma tête vidée par tant de contention d'esprit, j'ai
essayé de m'abrutir et de ne plus penser à rien. Je
regardais machinalement les lumières aller et venir ;
je disais : le moment s'approche ; mais je m'en oc-
cupais comme un homme épuisé, dont les idées com-
mencent à divaguer ; car il y avait quatre heures que
j'étais debout dans cet état violent, changé depuis
dans un état de mort. Alors sentant de la faiblesse,
je me suis assis sur un banc, et là j'ai attendu mon
sort sans m'en effrayer autrement.

Dans ce sommeil d'horrible rêverie, j'ai entendu
un plus grand bruit ; il s'approchait, je me suis levé,

et machinalement je me suis mis derrière le ventail
de l'armoire, comme s'il eût pu me garantir. La
porte s'est ouverte ; une sueur froide m'a tombé du
visage et m'a tout-à-fait épuisé.

J'ai vu venir le domestique à moi, nu en chemise,
une chandelle à la main, qui m'a dit d'un ton assez
ferme : « Venez, monsieur, on vous demande. —
« Quoi ! vous voulez donc me livrer ? J'irai sans vous.
« Qui me demande ? — M. Gudin, votre caissier.
« — Que dites-vous de mon caissier ? — Il est là
« avec ces messieurs. » Alors j'ai cru que je rêvais,
ou que ma raison altérée me trompait sur tous les
objets : mes cheveux ruisselaient ; mon visage était
comme un fleuve. « Montez, m'a dit le domestique,
« montez ; ce n'est pas vous qu'on cherche : M. Gu-
« din va vous expliquer tout. »

Ne pouvant attacher nul sens à ce qui frappait
mon oreille égarée, j'ai suivi au premier étage
le domestique, qui m'éclairait : là, j'ai trouvé *monsieur Gudin* en habit de garde national, armé de son
fusil, avec d'autres personnes. Stupéfait de cette vi-
sion, « Par quel hasard, lui ai-je dit, vous rencon-
« trez-vous donc ici ? — Par un hasard, monsieur,
« aussi étrange que celui qui vous y a conduit vous-
« même le propre jour que l'on a donné l'ordre de
« visiter cette maison, où l'on a dénoncé des armes.
« —Ah ! j'ai dit, pauvre campagnard ! vous avez donc
« aussi de lâches ennemis ! » N'ayant plus besoin de
mes forces, je les ai senti fuir ; elles m'ont manqué
tout-à-fait. Je me suis assis sur le lit où j'avais som-
meillé deux heures avant que le bruit commençât ;
et Gudin m'a dit ce qui suit :

« Inquiet, à onze heures du soir, de savoir si
« notre quartier était gardé par des patrouilles, j'ai
« pris mon habit de soldat, mon sabre et mon fusil,
« et suis descendu dans les rues malgré les conseils
« de mon fils. J'ai rencontré une patrouille qui,
« m'ayant reconnu, m'a dit : M. Gudin, voulez-
« vous venir avec nous ? vous y serez mieux que tout
« seul. Je l'ai d'autant mieux accepté, que mon-
« sieur, que vous voyez là, en habit de garde na-
« tional, est le limonadier qui reste en face de vos
« fenêtres; en un mot, c'est M. Gibé. »

D'honneur, ma pauvre enfant, je me tâtais le
front pour m'assurer que je ne dormais pas. Mais
comment, ai-je dit à M. Gudin, si c'est bien vous
qui me parlez, m'avez-vous laissé là quatre heures
dans les angoisses de la mort, sans m'être venu con-
soler ?

« Je vais bien plus vous étonner, me dit Gudin,
« par mon récit que ma présence ne l'a fait... J'ai
« vu doubler le pas, et j'ai dit à tous ces messieurs :
« Ce n'est pas ainsi qu'on patrouille. — Aussi ne
« patrouillons-nous pas; nous allons à une capture.
« Je les vois arriver à la rue du Parc-Royal, et là
« mon cœur commence à battre, nous sentant aussi
« près de vous.

« En détournant la rue des Pavillons, à l'habita-
« tion où vous êtes, on nous crie... *Halte ici ! enve-*
« *loppez la maison;* et je me dis : Grands dieux ! par
« quelle fatalité me trouvé-je avec ceux qui viennent
« pour arrêter M. de Beaumarchais? Moi aussi je
« croyais rêver. Je me suis contenu de mon mieux
« pour voir où tout aboutirait.

« Le domestique ouvre la porte et pense tomber à
« la renverse, me trouvant parmi ces messieurs ; il
« a cru que la trahison qu'il avait soupçonnée dans
« vos gens s'était étendue jusqu'à moi ; il balbutiait.
« Alors on a lu à haute voix l'ordre donné par la
« section de venir visiter ici, soupçonnant qu'il
« y a des armes. — *Eh bien alors*, lui dis-je, *com-*
« *ment n'êtes-vous pas accouru? comment n'avez-vous*
« *eu nulle pitié de moi?* — Ma terreur n'a fait
« qu'augmenter, dit *Gudin;* à cette lecture j'ai
« eu la bouche encore plus close et n'étais que plus
« effrayé, ne sachant pas, monsieur, s'il y avait où
« non des armes ; mais présumant avec effroi que,
« s'il s'en trouvait par malheur, vous alliez être vic-
« time de vous être enfermé ici, j'ai vu tous les rap-
« ports affreux de cette nuit à la visite qu'on venait
« de faire chez vous.

« Pendant le cours de la recherche, enfin j'ai
« trouvé le moment de dire tout bas au domestique :
« *L'ami de votre maître est-il dans la maison? Il y est,*
« m'a-t-il dit. Dans un autre moment, je lui ai de-
« mandé : *Mais où est-il? — Je n'en sais rien.* Il ne
« pouvait pas s'éloigner ; il éclairait les rechercheurs ;
« on ne le perdait pas de vue. Je me suis glissé sans
« lumière, a continué *M. Gudin*, jusqu'à la chambre
« de votre lit : je vous ai cherché à tâtons, dessus,
« dessous, vous appelant tout bas ; mais vous étiez
« ailleurs, et je ne pouvais deviner où je devais vous
« aller prendre.

« Enfin, la recherche achevée, assuré que la ca-
« lomnie avait encore manqué son coup, et qu'on
« ne trouvait rien ici, j'ai confié à tous ces messieurs

« par quel hasard vous vous trouviez caché dans la
« chambre du maître ; et leur étonnement a au
« moins égalé le nôtre. Dieu merci, le mal est passé ;
« recouchez-vous, monsieur , et tâchez de dormir ;
« vous devez en avoir besoin. »

Alors, toute la patrouille étant entrée dans cette
chambre, j'ai dit au commissaire de section : « Mon-
« sieur, vous me voyez ici sous la sauvegarde de l'a-
« mitié ; je ne puis mieux payer l'asile qu'elle me
« donnait qu'en vous priant, au nom de mon ami ,
« qui est excellent citoyen , de rendre votre visite
« aussi sévère que le peuple l'a faite hier chez moi,
« et d'en dresser procès-verbal , pour que sa sûreté
« ne soit plus compromise par d'infâmes calomnies.
« — Monsieur, m'a dit le commissaire, notre pro-
« cès-verbal est clos ; votre ami est en sûreté. »

Ces messieurs sont partis, ont dit au peuple, aux
femmes dans la rue , que cette maison était pure.
Les femmes, enragées que l'on n'eût rien trouvé,
ont prétendu qu'on avait mal cherché, ont dit qu'en
huit minutes elles allaient trouver la cachette : elles
voulaient que l'on rentrât; on s'y est opposé; le
commissaire a fait brusquement refermer la porte.
Ainsi ont fini mes douleurs ; mais la sueur, la las-
situde et la faiblesse me brisaient.

Pendant que je réfléchissais à toutes les incroya-
bles fortuités qui s'étaient simultanément rassem-
blées pour composer *cette mille et deuxième* nuit du
roman de *Schéherazade*, et dans laquelle je venais
d'être témoin , acteur et spectateur glacé, je me disais : « Je l'écrirai ; vingt personnes l'attesteront ;
« personne ne voudra me croire, et tout le monde

« aura raison. ». Tous les traits majeurs de ma vie ont eu un coin de singularité ; mais celui-ci les couvre tous. Ici l'horrible vérité n'offre qu'un songe invraisemblable : si quelque chose y fait ajouter foi, c'est bien l'impossibilité de croire que quelqu'un ait imaginé un roman aussi improbable.

Mais j'ai appris le lendemain matin qué des hommes âgés, affectionnés à ce quartier, que jamais rien n'avait troublé, entendant ce tapage affreux, saisis d'une terreur nocturne, ont sauté par dessus les murs, et que, de jardin en jardin, ils ont été troubler des dames de la rue de la Perle, en leur demandant, en chemise, de les garantir de la mort : l'un d'eux s'était cassé la jambe.

L'effroi s'était communiqué, et de tout ce quartier, ton père, qui avait eu le plus sujet de craindre, a peut-être été le seul qui ait achevé dans son lit une nuit aussi tourmentée.

Voilà, *mon Eugénie*, les détails que je t'ai promis dans ma dernière lettre à ta mère. Un homme moins fort, moins exercé que moi sur tous les genres d'infortune, serait mort vingt fois de frayeur. Mon sang-froid, ma prudence, et souvent le hasard, m'ont sauvé de bien des dangers : ici le hasard a tout fait. Mais combien de fois ai-je dit en m'endormant sur le matin : « Oh ! que j'embrasserai mon enfant avec « joie, si des événemens plus terribles et plus dé- « sastreux ne la privent pas de son père et me per- « mettent de la revoir ! »

A MA FAMILLE.

Londres, 9 décembre 1792.

Ma pauvre femme, et toi, ma charmante fille, je ne sais où vous êtes, ni où vous écrire, ni même par qui vous donner de mes nouvelles, lorsque j'apprends, par les gazettes, que le scellé est mis une troisième fois depuis quatre mois sur ma maison de Paris, et que je suis décrété d'accusation pour cette misérable affaire des fusils de Hollande, à laquelle on a joint une abomination d'un genre plus sérieux pour aller plus vite avec moi. Je charge donc tous les honnêtes gens qui lisent les gazettes étrangères d'avoir l'humanité de vous dire, ô mes chères tendresses ! que c'est de Londres, de cette terre hospitalière et généreuse où tous les hommes persécutés dans leur patrie trouvent un abri consolateur, que je vous prie de ne point vous affliger sur moi. Je vois vos douleurs à toutes ; les larmes de ma fille me tombent sur le cœur et le navrent, mais c'est mon unique chagrin.

La Convention nationale, trompée par le plus cruel amphigouri qui soit jamais sorti de la bouche d'un dénonciateur, a conclu contre moi, *sur la foi de Le Cointre*, à un décret d'accusation. Mais ceux qui ont trompé Le Cointre, sentant bien qu'une pareille attaque ne soutiendrait pas huit minutes d'examen, ont imaginé de jeter une si grande défaveur sur moi, qu'elle fit couler rapidement sur tout le reste. Ils m'ont fait dénoncer comme ayant écrit à Louis XVI, et m'ont rangé parmi les grands conspirateurs unis contre la liberté française.

Mais cette accusation, plus grave que la première, a encore moins de fondement. Soyez tranquilles, ma femme et mes deux sœurs! Sèche tes larmes, ma douce et tendre fille; elles troublent la sérénité dont ton père a besoin pour éclairer la Convention nationale sur de graves objets qu'il lui importe de connaître, et faire rentrer avec opprobre toutes ces lâches calomnies dans l'enfer qui les enfanta.

Je n'ai jamais écrit au roi Louis XVI ni pour ni contre la révolution; et si je l'avais fait, je serais glorieux de le publier hautement; car nous ne sommes plus au temps où les hommes de courage avaient besoin de s'amoindrir lorsqu'ils écrivaient aux puissances. A la hauteur des événemens, j'aurais dit à ce prince de telles vérités, qu'elles auraient pu détourner ses malheurs, et surtout prévenir les maux qui déchirent le sein de notre malheureuse France.

Les seules relations directes que j'aie jamais eues avec ce roi, par l'intervention de ses ministres, remontent à la première année de son règne, il y a dix-huit ans, au moment où il s'élevait à ce trône, d'où un caractère trop faible, bien des fautes, et la fortune, viennent de le faire choir si misérablement.

Je suis bien éloigné de trahir ma patrie, pour la liberté de laquelle j'ai fait long-temps des vœux, et depuis, de grands sacrifices; et toutes ces viles accusations qui se succèdent contre moi à la Convention nationale seraient la plus terrible des abominations, si elles n'étaient en même temps la plus stupide des bêtises.

Mais le sénat qu'on a surpris est juste, et je n'ai pas été entendu. L'espoir de tous mes ennemis sans doute était que je ne le serais jamais : en m'arrêtant en pays étranger, ils se flattaient que, ramené dans ma patrie avec l'odieux renom d'avoir trahi sa cause, des assassins gagés auraient renouvelé sur moi les scènes du 2 septembre, ou que le peuple même, indigné de ma trahison supposée, m'aurait sacrifié en route avant qu'il fût possible de le désabuser. C'est la cinquième fois depuis quatre mois qu'ils ont tenté de me faire massacrer; et sans la générosité d'un magistrat de la commune, que je nommerai dans mon mémoire avec une vive reconnaissance, et qui vint me tirer de l'Abbaye six heures avant que toutes les voies en fussent fermées, j'y subissais le sort de tant de victimes innocentes.

Si je ne prouve pas sans réplique, au gré de ma patrie et de l'Europe entière, que toute cette affreuse trame n'est qu'une vile scélératesse pour tâcher d'arriver à une grande friponnerie, et s'il y a une ligne de moi écrite au roi Louis XVI depuis dix-huit années, je dis anathème sur moi, sur ma personne et sur mes biens, et je cours me livrer au glaive de notre justice.

Je fais ma pétition à la Convention nationale, pour la prier de distinguer la ridicule affaire des fusils de la très-grave accusation d'une coupable correspondance : avant de me purger de la première,

19.

je dois être lavé ou mort sur mon travail de la seconde. Mais, au nom de Dieu, chère femme, si tu
veux que je garde toute ma tête, défends à ta fille
de pleurer !

POUR LA JEUNE CITOYENNE FRANÇAISE

AMÉLIE-EUGÉNIE

CARON BEAUMARCHAIS.

Près de Lubeck, ce 4 décembre
(vieux style) 1794.

Mon enfant ! ma fille Eugénie ! j'apprends, au fond de ma retraite, que le système tyrannique, spoliateur et destructeur de l'effroyable Robespierre, qui couvrait le sol de la France de larmes, de sang et de deuil, commence à faire place au vrai plan de restauration des principes sacrés de *liberté civique* et d'une *égalité morale*, sur lesquels seuls se fonde et se maintient une république sage, heureuse et très-puissante.

Malgré ta grande jeunesse et l'éloignement naturel où ton sexe vivait de ces fières et mâles idées, tu as pu voir dans toutes les échappées des conversations où tu assistais malgré toi, que ces idées ont constamment été mes principes invariables ; et le temps est venu, ma fille, où la grande leçon du malheur t'apprend l'utilité de revenir sur tout cela, et te met en état de juger *si tu peux encore t'honorer d'être la fille de ton père*. Et ce retour sur toi t'est devenu d'autant plus nécessaire, que tu n'aurais aucun moyen de briser ce lien sacré, quand tu craindrais d'avoir à en rougir.

Si je t'écris sans bien savoir comment je te ferai passer ma lettre, et si je t'écris librement, c'est que, fussé-je même le plus coupable des citoyens envers la république française, on ne pourrait te faire un crime d'avoir reçu de moi la vie, ni de t'intéresser à ma justification, si importante à ton état futur!

Le temps n'est pas encore bien loin où cette justification était regardée comme impossible, où l'on ne cessait de me dire que si je retournais en France, je courais risque encore une fois d'y périr avant que je pusse m'y faire entendre d'aucun juge. On m'apprend aujourd'hui que ce temps d'horreur a fini par la mort de celui qui seul l'avait fait naître; qu'on a même de l'indulgence en ce moment pour des coupables. Un citoyen qui ne l'est point, qui n'a cessé d'être zélé, peut donc y espérer justice!

Sur ces assurances, ma fille, ranime ton faible courage, et reçois de ton père, pour ta consolation, sa parole sacrée que, dès qu'il apprendra par toi qu'il peut aller offrir à l'examen sévère toute sa conduite civique, il sortira sans hésiter de l'espèce de tombeau dans lequel il s'est enterré depuis son départ de la France; n'ayant trouvé que ce moyen de la servir utilement et d'échapper à toute accusation, à tout soupçon de malveillance.

Je prouverai, par un retour sur tous mes ouvrages connus, que la tyrannie despotique et tous les grands abus de ces temps anciens monarchiques n'ont pas eu d'adversaire plus courageux que moi; que ce courage, qui surprenait alors tout ce qui est brave aujourd'hui, m'a exposé sans cesse à des vexations inouïes. L'amour de cet état abusif et vicieux 'a donc pu faire de moi un ennemi de mon pays, 'our essayer de raviver ce que j'ai toujours com-attu.

Je prouverai qu'après avoir servi efficacement la berté en Amérique, j'ai, sans ambition person-elle, servi depuis de toutes mes facultés les vrais itérêts de la France.

Je prouverai que je la sers encore, quoique livré une persécution aussi absurde qu'impolitique, et u'il soit stupide de croire que celui qui se consacra *u rétablissement des droits de l'homme* en Amérique, ans l'espoir d'avoir à présenter un grand modèle à otre France, a pu s'attiédir sur ce point quand il agit de son exécution.

J'établirai devant mes juges ma conduite si bien rouvée à toutes les époques où il me fut permis 'agir.

On ne pourra dire à ton père qu'il a vécu deux ans hez les ennemis de l'état : il prouvera qu'il n'en a mais vu aucun.

Si l'on veut qu'il soit émigré, contre toute es-èce de droits, il montrera ses passeports, sa con-uite, son titre, et sa correspondance, dont on ourra être surpris.

Que si on lui reproche de n'avoir pas rempli les romesses qu'il avait faites, il invoquera l'*acte éme* qui renferme son vœu, et prouvera qu'il a fait i tout seul ce que vingt hommes réunis n'auraient as osé concevoir, *et au-delà de ce qu'il a promis.*

Si l'on dit qu'il a dans les mains de grands fonds la république, en souriant de cette erreur gros-ère, il répondra *qu'il vient compter rigoureusement avec elle, et remettra, sans nul délai, ce dont il sera débiteur*, en ne demandant nulle grâce, mais le plus sévère examen. Qu'avant même de le subir, il vient offrir dans son pays sa tête expiatoire, si, cet examen achevé, on peut l'y soupçonner coupable.

Si l'assemblée législative conventionnelle juge UNE TROISIÈME FOIS QU'IL A BIEN MÉRITÉ DE LA NATION FRANÇAISE (car on l'a déjà prononcé deux fois sur cette même affaire), il se refusera à toute espèce de récompense autre que l'honneur reconnu d'avoir bien rempli ses devoirs, et l'espoir si doux à son cœur de revoir sa fille honorée, rendue à l'aisance modeste qu'on n'a pu ni dû lui ravir.

Voilà, ma fille tant aimée, ce à quoi s'engage ton père ! Le silence de mort que tous mes amis ont gardé depuis qu'une mission fâcheuse et presque impossible à remplir m'a exilé de mon pays, me fait douter si je dois croire qu'il a pu m'en rester un seul ; je ne puis donc adresser à aucun cet engagement que je prends, pour qu'il aille t'en faire part et encourager ta faiblesse.

Je suis forcé, plein de toutes ces choses, de te les écrire à toi-même, en te recommandant de profiter de ce long et dur temps d'épreuves pour achever ta bonne éducation, ton éducation sérieuse, celle des agrémens étant remplie depuis long-temps pour toi.

Songe bien, mon enfant, qu'en ce nouvel ordre de choses une femme reconnue d'un mérite solide conviendra mieux à un républicain pour être mère de ses enfans, que celle qui n'aurait que des talens à lui offrir, et que ces grâces d'autrefois (dont la

node est si bien passée) pour acquitter la dette ma-
ernelle.

Sache enfin que nul homme existant n'a souffert
le plus longs tourmens que l'ardent ami qui t'écrit ;
t qu'il aurait cent fois jeté sans regret à ses pieds le
ardeau de son existence, s'il n'avait vivement senti
[u'elle t'était indispensable, et qu'il n'a le droit de
nourir que quand il te saura heureuse.

Je t'autorise, en la signant, à faire de ma triste
ettre l'usage que tes autres amis jugeront propre à
a conservation, en attendant que j'y mette le sceau
le l'attachement paternel, en allant moi-même à
Paris.

Je te serre contre mon cœur, toi et tout ce qui
n'appartient.

Signée de moi de tous mes noms,
PIERRE-AUGUSTIN CARON DE BEAUMARCHAIS.

FIN DES LETTRES.

POÉSIES DIVERSES.

POÉSIES DIVERSES.

INSCRIPTION

QUE BEAUMARCHAIS AVAIT PLACÉE DANS SON JARDIN
AU FOND D'UN BOSQUET.

Adieu, passé, songe rapide,
Qu'anéantit chaque matin ;
Adieu, longue ivresse homicide
Des amours et de leur festin ;
Quel que soit l'aveugle qui guide
Ce monde, vieillard enfantin,
Adieu, grands mots remplis de vide,
Hasard, Providence ou Destin.
Fatigué dans ma course aride
De gravir contre l'incertain,
Désabusé comme Candide [1],
Et plus tolérant que Martin,
Cet asile est ma Propontide,
J'y cultive en paix mon jardin.

Voyez dans les romans de Voltaire, *Candide, ou l'op-
iste.*

ROMANCE.

Comme j'aimais mon ingrate maîtresse,
Quoiqu'elle fût sans amour ni pitié,
Quoiqu'elle crût trop payer ma tendresse,
En m'accablant de sa froide amitié !

Je lui disais : Cette beauté si rare,
Pour mon tourment, tu la reçus des dieux ;
Et je mourrai , si ton cœur ne répare
Les maux cruels que m'ont fait tes beaux yeux.

Donne au plaisir le printemps de ta vie :
Un âge vient où l'on se sent vieillir ;
La fleur d'amour alors peut faire envie,
Les sens glacés ne peuvent la cueillir.

Je vois d'amans une troupe légère
Lui prodiguer son encens et ses vœux ;
C'est vainement, la cruelle aime à faire
Mille rivaux et pas un seul heureux.

Elle soutient qu'amour est un délire,
Fils du désir et de la vanité.
L'ingrate ainsi veut renverser l'empire
Qui seul élève un trône à sa beauté !

J'allais mourir ; mais la jeune Silvie
Offre à mon cœur jouissance et beauté.
Pardonne, amour ! Mon retour à la vie
Sera le prix d'une infidélité.

Quoi ! je la fuis et je soupire encore ;
Pour l'oublier mes soins sont superflus :
A ma douleur je sens que je l'adore,
Même en jurant que je ne l'aime plus.

———

RONDE DE TABLE,

OU COUPLETS POUR LA FÊTE DE MADAME LA MARQUISE
DE SAILLY, QUI PORTE LE JOLI NOM DE FLORE.

Loin d'ici tout atrabilaire,
Ce jour ne peut que leur déplaire :
Du vrai bonheur il a le sceau.
   Rien n'est si beau !
Amis de Flore, c'est sa fète ;
De fleurs couronnons notre tête,
Et chantons tous à l'unisson,
   Rien n'est si bon !

Pour fêter Flore, la nature,
Malgré l'hiver et sa froidure,
Semble faire un effort nouveau ;
   Rien n'est si beau !
Voyez, au déclin de l'automne,
Parmi les doux fruits de Pomone,
Les fleurs de la belle saison ;
   Rien n'est si bon !

Si Flore n'est pas au bréviaire,
C'est tant pis pour le légendaire ;
Flore aurait orné son tableau ;
   Rien n'est si beau !
Mais de la déesse brillante
Par qui le printemps nous enchante,
Il est doux de porter le nom :
   Rien n'est si bon !

A MADAME DE SAILLY.

Flore, tes deux filles charmantes
Sont les fleurs les plus attrayantes
Dont l'amour t'ait fait le cadeau :
    Rien n'est si beau !
Vois, depuis qu'elles sont écloses,
Comme une abeille autour des roses,
Roder près d'elles le fripon :
    Rien n'est si bon !

Lorsque ce dieu, dans le mystère,
De ces beautés te fit la mère,
Il n'avait voile ni bandeau ;
    Rien n'est si beau !
Ainsi dans un heureux ménage,
L'hymen seul propose l'ouvrage,
Mais l'amour y met la façon ;
    Rien n'est si bon !

A MESDEMOISELLES DE SAILLY.

Filles de Flore, pour apprendre
L'art de charmer, sans y prétendre,
Son exemple est votre flambeau :
    Rien n'est si beau !
Mais heureux l'époux jeune et tendre,
A qui l'on permettra d'étendre
Cette intéressante leçon ;
    Rien n'est si bon !

A LA COMPAGNIE.

Vous qui croyez ma verve usée,
Apprenez la méthode aisée

Dont je ranime mon cerveau ;
Rien n'est si beau !
Je pars, je viens, j'entre d'emblée,
Je retrouve en cette assemblée
Le plaisir et mon Apollon ;
Rien n'est si bon !

En effet, quand on considère
Tant de beautés faites pour plaire,
Un enfant mettrait en rondeau,
Rien n'est si beau !
Puis, voyant la gaîté naïve
Qui brille dans chaque convive,
Il achèverait la chanson ;
Rien n'est si bon !

A MADAME DE SOUVRÉ.

Salut à toi, charmante hôtesse ;
Ici tout plaît, tout intéresse,
On rit, on chante, on boit sans eau ;
Rien n'est si beau !
Ailleurs on grimace, on figure ;
Les grands airs chassent la nature :
Chez toi le cœur donne le ton ;
Rien n'est si bon !

Chers amis, quand je suis à table,
Je crois que la parque implacable
Cesse de tourner son fuseau ;
Rien n'est si beau !
Si c'est une erreur qui m'enivre,
Amis, n'est-il pas doux de vivre

Dans cette aimable illusion ?
     Rien n'est si bon !

Amis, nous sommes bien ensemble ;
De l'amitié qui nous rassemble
Faisons-nous un serment nouveau ;
     Rien n'est si beau !
Ce sentiment a son ivresse ;
Puisque sa volupté nous presse,
Cédons à son impulsion ;
     Rien n'est si bon !

———

L'ÉLOGE DU REGARD.

CHANSON FAITE SUR UNE TRÈS-BELLE FEMME NOMMÉE
MADAME DE MONREGARD.

AIR : Ah ! sans vous, sans vous, ma Lisette, etc.

Les femmes vantent ma figure ;
On dit mes traits intéressans ;
Mon air, ma taille, ma stature,
Ont aussi mille partisans.
Mon esprit, ma voix, mon sourire,
Obtiennent leur éloge à part ;
Mais ce que surtout on admire,
C'est la beauté de mon regard.

Vous, philosophe atrabilaire,
Pour qui rien ne se peint en beau ;
Vous, à qui la nature entière
Ne semble qu'un vaste tombeau,
Je vous plains de ne voir en elle
Que les jeux d'un triste hasard.
Qu'elle est pour moi touchante et belle !
Mais vous n'avez pas mon regard.

Nos champs reprennent leur parure :
Quel spectacle délicieux !
Quand je regarde la nature,
Mon âme est toute dans mes yeux.
A ces jeux dont elle est ravie,
Mes autres sens ont peu de part ;

Les plus doux plaisirs de ma vie,
Ah ! je les dois à mon regard.

Du goût , du toucher le prestige
S'annonce en me faisant la loi.
Une odeur m'atteint et m'afflige ;
. Le bruit me frappe malgré moi ;
Sur mes sens chaque objet , chaque être
Commande , agit sans nul égard ,
Mais du monde entier je suis maître ,
Quand je jouis de mon regard.

Je pourrais braver l'infortune , (2)
L'envie et ses efforts puissans ;
Je me verrais sans plainte aucune ,
Privé de quatre de mes sens.
Tant de maux de cet hémisphère
Ne hâteraient point mon départ ;
Mais que faire , hélas ! sur la terre ,
Si j'avais perdu mon regard !

SEGUEDILLE.

Sur un air espagnol.

Je veux ici mettre au grand jour
Le train dont l'amour
Tracasse la vie ;
C'est comme une cavalerie
Dont l'ordre et la marche varie :
Quand la tête trotte, trotte, trotte, bientôt
La queue est au galop.

D'une mantille, deux beaux yeux
Ont lancé des feux
Sur une victime :
Le cœur s'embrase, l'on s'anime ;
Mais n'oubliez pas la maxime :
Quand la tête trotte, etc., etc.

L'on va, l'on vient, matin et soir
On voudrait se voir,
On donne parole ;
Tout en empêche, on se désole ;
L'un est furieux, l'autre est folle :
Quand la tête trotte, etc., etc.

Enfin on goûte au rendez-vous
Les biens les plus doux,
Mais on se dépêche :
L'un est épuisé, l'autre est fraîche ;
Car, au Prado, sur l'herbe sèche,

Quand l'amoureux trotte, trotte, trotte, bientôt
   La belle est au galop.

On peut tirer un sens moral
   Du chant trivial
   D'une seguedille.
Retenez ma leçon gentille :
Trop souvent auprès d'une fille
Quand la tête trotte, trotte, trotte, bientôt
   La bourse est au galop.

LA FEMME DU GRAND MONDE.

AIR : Tôt, tôt, tôt, battez chaud.

L'INNOCENCE.

La jeune Elmire , à quatorze ans ,
Livrée à des goûts innocens ,
Voit , sans en deviner l'usage ,
Éclore ses attraits naissans ;
Mais l'Amour , effleurant ses sens ,
Lui dérobe un premier hommage
    Un soupir
    Vient d'ouvrir
    Au plaisir
    Le passage ;
Un songe a percé le nuage.

L'AMOUR.

Lindor , épris de sa beauté ,
Se déclare ; il est écouté :
D'un songe , d'une vive image ,
Lindor est la réalité ;
Le sein d'Elmire est agité ,
Le trouble est peint sur son visage.
    Quel moment ,
    Si l'amant ,
    Plus ardent ,
    Ou moins sage ,
Osait hasarder davantage !

LE MARIAGE.

Mais quel transport vient la saisir ?
Cet objet d'un secret désir,
Qu'avec rougeur elle envisage,
C'est l'époux qu'elle doit choisir.
On les unit : dieux, quel plaisir !
Elmire en donne plus d'un gage.
　　　　Les ardeurs,
　　　　Les langueurs,
　　　　Les fureurs,
　　　　Tout présage
Qu'on veut un époux sans partage.

L'INFIDÉLITÉ.

Dans le monde, un essaim flatteur
Vivement assiége son cœur ;
Lindor est devenu volage,
Lindor méconnaît son bonheur :
Elmire a fait choix d'un vengeur,
Il la prévient et l'encourage.
　　　　Vengez-vous ;
　　　　Il est doux,
　　　　Quand l'époux
　　　　Se dégage,
Qu'un amant répare l'outrage.

LA GALANTERIE.

Voilà l'outrage réparé ;
Son cœur n'est que plus altéré :
Des plaisirs le fréquent usage
Rend son désir immodéré ;
Son regard fixe et déclaré

A tout amant tient ce langage :
>Dès ce soir ,
>Si l'espoir
>De m'avoir
>Vous engage ,

Venez , je reçois votre hommage.

LE DÉSORDRE.

Elle épuise tous les excès ;
Mais , au milieu de ses succès ,
L'époux meurt, et pour héritage ,
Laisse des dettes, des procès.
Un vieux traitant demande accès :
L'or accompagne son message.
>Ce coup d'œil
>Est l'écueil
>Où l'orgueil
>Fait naufrage.

Un écrin consomme l'ouvrage.

LES REGRETS.

Dans ce fatal abus du temps
Elle a consumé son printemps ;
La coquette d'un certain âge
N'a point d'amis, n'a plus d'amans ;
En vain de quelques jeunes gens
Elle ébauche l'apprentissage ;
>Tout est dit ,
>L'Amour fuit ;
>On en rit :
>Quel dommage !

Elmire , il fallait être sage.

ROBIN.

—

Toujours, toujours, il est toujours le même :
   Jamais Robin
   Ne connut le chagrin ;
   Le temps sombre ou serein,
   Les jours gras, le carême,
   Le matin ou le soir ;
   Dites blanc, dites noir,
Toujours, toujours, il est toujours le même.

Il a pour lui cet air mâle qu'on aime,
   L'œil en arrêt,
   Ferme sur le jarret,
   Plus souple qu'un fleuret,
   Des reins à la dalême,
   Frisé, haut en couleur ;
   Et pour la belle humeur,
Toujours, toujours, il est toujours le même.

Sur mon tambour brodant mieux que moi-même,
   Veux-je un fleuron?
   Jamais il n'a dit non ;
   En plus d'une façon
   Il sait faire son thème ;
   S'il badine au feston,
   Quand il travaille au fond,
Toujours, toujours, il est toujours le même.

Il n'est ici fille ou femme qui n'aime
   Mon beau garçon ;

Beau, c'est-à-dire bon.
La dame du canton,
Connaisseuse, n'en chème ;
Mon cœur n'est point jaloux,
Car en rentrant chez nous,
Toujours, toujours, il est toujours le même.

Pour en juger, il faudrait être à même ;
On n'a rien vu,
Quand on ne l'a pas eu ;
Les filles de Jésu,
Du couvent d'Angoulême,
Ont plus d'un an vécu
Avec mon superflu ;
Toujours, toujours, il est toujours le même.

Pour l'éprouver j'ai plus d'un stratagème ;
Je vois souvent
Qu'il vient le nez au vent ;
J'affecte, en lui parlant,
Une froideur extrême,
Je change de propos,
Je lui tourne le dos ;
Toujours, toujours, il est toujours le même.

Robin, dansons ce branle que tant j'aime.
Sans le presser,
Robin vient le passer.
Robin, j'en veux danser
Un second, un troisième ;
Je veux recommencer,
Je ne veux plus cesser ;
Toujours, toujours, il est toujours le même.

Comment toujours! dit un grand monsieur blême.
   On le croira,
  Mais quand on le verra;
  Nos sœurs de l'Opéra
  Résoudront ce problème :
  Messieurs, je n'en sais rien;
  Ce que je sais fort bien,
Toujours, toujours, il est toujours le même.

Hier au soir : Viens, dit-il, que je t'aime!
   Robin, hélas!
  Cela ne se peut pas!
  A moi des embarras?
  Parbleu! le beau système!
  Porte ton compliment
  Au nouveau parlement;
Toujours, toujours, il est toujours le même.

Enfin, un jour, voyons, dis-je en moi-même,
   Par mon labeur
  Si j'en serai vainqueur;
  J'en arrachai le beur,
  Le lait, après la crème,
  Je lui tordis le bec,
  Je le croyais à sec :
Toujours, toujours, il est toujours le même.

Robin sur moi règne, a le rang suprême;
   C'est par mon choix
  Qu'il m'a donné des lois;
  C'est la leçon des rois;
  Leur sceptre ou diadème
  Souvent brise en leur main;
  Mais celui de Robin,
Toujours, toujours, il est toujours le même.

LA GALERIE DES FEMMES
DU SIÈCLE..... PASSÉ.

VAUDEVILLE.

AIR : De la contredanse du ballet des Pierrots.

REFRAIN.

Oser tout dire, oser tout faire,
C'est le bon siècle d'à présent ;
Mais blâmer n'est pas mon affaire :
Rions ; moi, je suis né plaisant.

Faut-il toujours d'un fade éloge
Bercer le sexe en nos chansons ?
Tout n'est qu'un plat martyrologe
De Tircis et de Céladons ;
Quittons de l'ariette imbécile
Le jargon trop accrédité ;
Ramenons l'ancien vaudeville,
Qui dit gaîment la vérité.
Oser tout dire, oser tout faire, etc.

Traitons, sans méthode suivie,
Quelque point joyeux et moral ;
Toujours le même style ennuie,
Eût-on la plume de Pascal.
Chantons les belles, leurs maximes,
Galans forfaits, goûts délicats ;
Et quant à leurs vertus sublimes,
Lisons beaucoup monsieur Thomas.

Je vois ce grand panégyriste
Couvert de baisers et de fleurs ;
Et moi, trop badin coloriste,
L'éternel objet des rigueurs.
Qui le craindrait ne connaît guère
Ce sexe et ces retours flatteurs ;
L'art de provoquer sa colère
Conduit souvent à ses faveurs.

Rose, timide, tendre et bonne,
Reçoit son amant dans ses bras ;
L'amant admire, et ma friponne
Devient vaine de ses appas :
N'est-il donc qu'un bon juge au monde ?
Dit-elle en trahissant l'amour.
Rose fait si bien qu'à la ronde
Chaque homme l'admire à son tour.

Au sortir de l'Académie,
Le cœur gonflé de sentimens,
On maudirait sa douce amie
Au seul soupçon d'un autre amant ;
N'est-il pas plaisant qu'on prétende
Être aimé seul, et le dernier,
Parce qu'une femme est friande
Des premiers feux d'un écolier ?

Tant de larmes pour une belle,
Jeune homme, est bien loin de nos mœurs :
Rose a changé, changez comme elle :
Elle est volage... aimez ailleurs.
Nos dames ne sont point cruelles ;
Une obligeante urbanité,

Tient lieu ᴅ᷉ amour , et fait chez elles
Les honneurs de la chasteté.

D'un lien ôter l'importance ,
Jouir de tout : voilà leur mot ;
Aux yeux des femmes, la constance
Est presque l'affiche d'un sot :
On vous courait , on vous évite ,
D'un autre on a les sens épris ;
Et qu'importe que l'on nous quitte?
Le grand objet c'est d'être pris.

Dès qu'un jeune homme s'achalande ,
La coquette veut l'asservir ;
Pendant que la prude marchande ,
La galante court s'en saisir.
Au lieu d'un temple où l'Amour brille ,
Cythère aujourd'hui n'est qu'un bois
Où sans pudeur on vole, ou pille
Comme aux finances de nos rois.

Ici la fermière opulente
Défraie un galant de la cour ;
Plus loin , la marquise indigente
S'affuble d'un financier lourd.
La noble vend , la riche achète...
O temps ! ô mœurs ! Amour n'est plus.
Toute femme adore en cachette
Le dieu de Lampsaque ou Plutus.

Distinguons la fille ingénue
De la femme au hardi maintien :
L'une a tout notre sexe en vue,
L'autre ignore même le sien ;

L'une ne rougit pas encore,
L'autre ne sait plus qu'on rougit;
L'une nous peint la douce aurore,
L'autre un jour ardent qui finit.

Un goût s'éteint, un autre perce,
Pendant qu'un troisième a son cours;
Joignez les paris de traverse...
Voilà les femmes de nos jours.
J'en connais même une si tendre,
Si délicate dans ses choix,
Qu'elle fait scrupule de prendre
Moins de quatre amans à la fois.

J'en sais une autre plus sensée,
Qui ne s'effarouche de rien;
Un soir, une foule empressée
Voulut déranger son maintien;
Sans étonnement, sans surprise,
Elle s'adresse au cercle entier:
Messieurs, sommes-nous dans l'église?
Me prend-on pour un bénitier?

Les femmes sur leur contenance
Ont le plus absolu pouvoir;
On porte au cercle une décence
Qu'on méprise dans le boudoir.
C'est là qu'on donne et prend le change
Sur l'amour et la volupté;
Là tout plaît, pourvu qu'on s'y venge
Des ennuis de l'honnêteté.

Dans cet oubli de la nature,
Au fort de ses galans ébats,

Si l'on voit rentrer la voiture
De l'époux qu'on n'attendait pas,
Éteignez vite ; on range, on serre,
L'une est morte, l'autre s'enfuit.
Ainsi l'on voit un commissaire
Effrayer des tendrons la nuit.

Mais que les fêtes sont cruelles !
Vieux époux, je plains votre sort
Si vous y conduisez vos belles ;
Les confier... c'est pis encor.
La poule alerte, aisée à vivre,
Perce la foule en arrivant :
Le coq usé, qui ne peut suivre,
Gratte sa tête en l'attendant.

Aux cris que le vieux singe élève,
On la lui rend tout comme elle est ;
Tout comme elle est il vous l'enlève
Aux vœux ardens de vingt plumets,
Plus ravissante qu'Aphrodise
Traînant tout le bal après soi,
Lui coiffé comme on peint Moïse
Chargé des tables de la loi.

Voyez cette dévote altière,
Au teint pâle, au front sourcilleux,
Déchirer la nature entière
D'un ton humblement orgueilleux ;
Bien est-il vrai que, plus parfaite,
Fuyant le monde et ses attraits,
Elle ne brûle, en sa retraite,
Que pour Dieu seul... et son laquais.

Du même désir animées
De tromper amans et maris,
Deux belles s'étaient tant aimées,
Qu'on les citait dans tout Paris :
Un fat survient : elles s'abhorrent ;
L'intérêt rompt ce qu'il a joint.
Ma foi, deux belles qui s'adorent,
Tout bien compté, ne s'aiment point.

Chez une duchesse en colère,
L'autre soir un mauvais plaisant
Disait d'une voix de faux frère :
L'auteur est un grand médisant.
Médisant, lui ? c'est cent fois pire.
Pensez-vous qu'un tel chansonnier
Se fût contenté de médire,
S'il eût pu vous calomnier ?

Point de belles que l'on n'acquière
Ou par de l'or ou par des soins ;
La moindre ou la meilleure affaire
Coûte toujours ; c'est plus, c'est moins ;
Et quant aux mœurs, la différence
Des filles aux femmes d'honneur,
Est celle qu'on remarque en France
Entre l'artiste et l'amateur.

Oh ! si chacune osait écrire
Les bons tours qu'elle se permet,
Quel plaisir on aurait à lire
Cet ouvrage utile et follet !
On y verrait du gai, du leste ;
Pour du sentiment, serviteur !

Car la femme la plus modeste
N'est qu'un vrai page au fond du cœur.

Vous changeriez bien de système,
Me dit un Céladon d'amant,
Si je nommais celle que j'aime...
Ah ! c'est une âme, un sentiment !
C'est la vertu la plus auguste...
Je reconnais son pavillon :
La friponne s'est peinte en buste ;
Tu n'as vu que son médaillon.

Vous, jeune homme que je conseille,
Gardez-vous bien de me citer ;
Ce que je vous dis à l'oreille
Ne doit jamais se répéter.
Retenez ce bon mot d'un sage,
Des mœurs il est le grand secret :
Toute femme vaut un hommage,
Bien peu sont dignes d'un regret.

Pour égayer ma poésie,
Au hasard j'assemble des traits ;
J'en fais, peintre de fantaisie,
Des tableaux, jamais des portraits.
La femme d'esprit qui s'en moque
Sourit finement à l'auteur ;
Pour l'imprudente qui s'en choque,
Sa colère est son délateur.

Sexe charmant, si je décèle
Votre cœur en proie au désir,
Souvent à l'amour infidèle,
Mais toujours fidèle au plaisir,

D'un badinage, ô mes déesses!
Ne cherchez point à vous venger :
Tel glose, hélas ! sur vos faiblesses,
Qui brûle de les partager !

FIN.

TABLE DES MATIÈRES.

—

FIN DE LA TABLE.

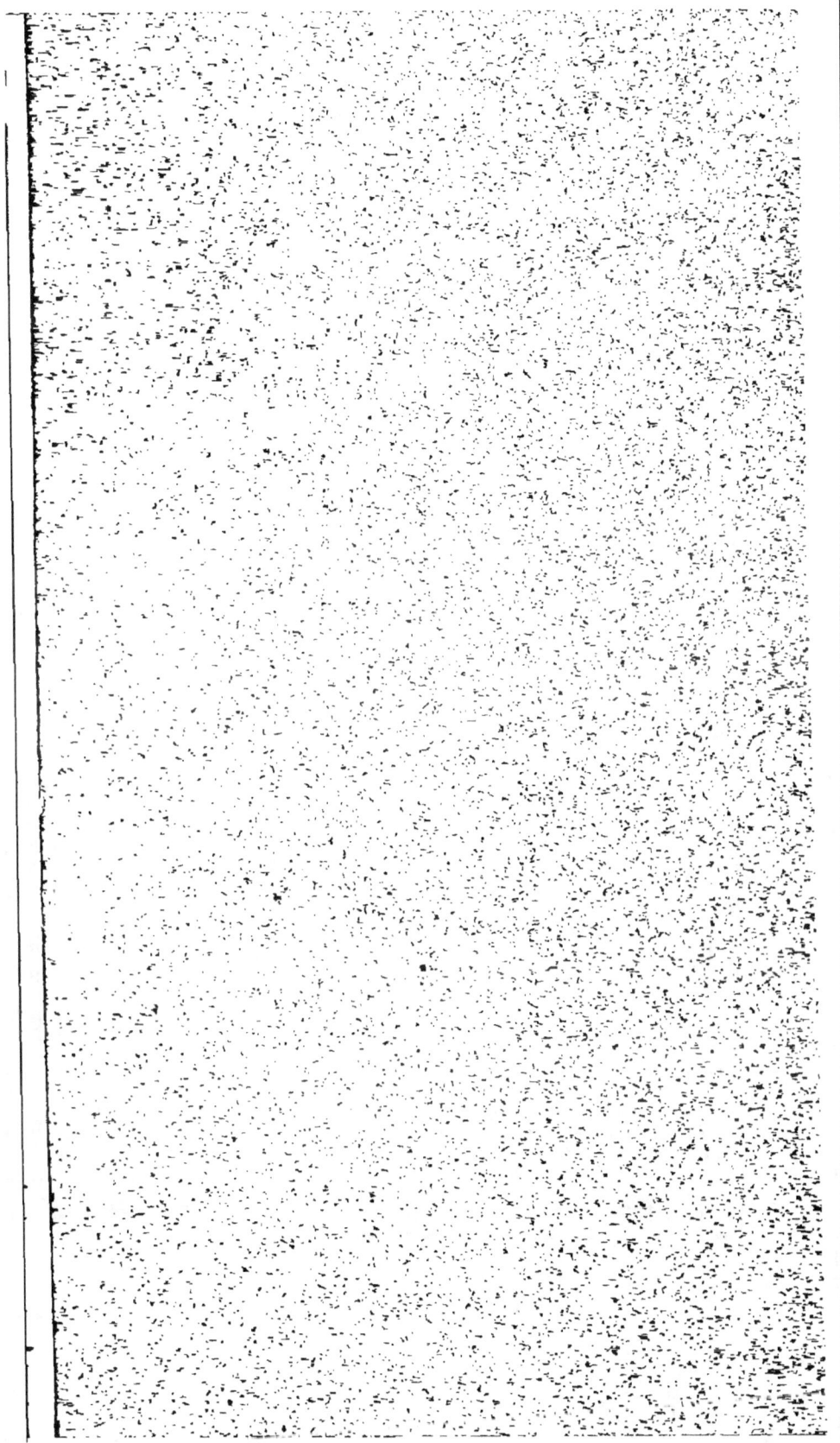

PARIS. — IMPRIMERIE DE MARCHAND DU BREUIL,
rue de la Harpe, n° 80.

www.ingramcontent.com/pod-product-compliance
Lightning Source LLC
Chambersburg PA
CBHW070454030726
47503CB00004B/1033